EDITION W

Eldad Stobezki

Rutschfeste Badematten und koschere Mangos

mit einem Nachwort
von Maria Gazzetti

Für den lieben
Klaus in
Freundschaft
Eldad
Stobezki

EDITION W

22.9.24

Mehr über unsere AutorInnen und Bücher:
www.edition-w.de

Die Deutsche Nationalbibliothek verzeichnet diese Publikation in der Deutschen Nationalbibliografie; detaillierte bibliografische Daten sind im Internet über http://dnb.d-nb.de abrufbar.

FSC www.fsc.org
MIX
Papier | Fördert gute Waldnutzung
FSC® C014889

ISBN 978-3-949671-15-9

Umschlaggestaltung: Michaela Spohn Design
Satz: Publikations Atelier, Weiterstadt
Druck und Bindung: Pustet, Regensburg
Printed in Germany

Für meine Wortbegleiter
Inge Geiler und Lothar Ruske

»Jeder Mensch, den man sieht,
ist der Anfang einer Geschichte.
Zum Glück meistens auch das Ende.«

aus: Jürgen Hosemann *Papierkorb*

Rumänischer Blumenkohl

Ein Wort hat mich gestern, nach 41 Jahren, zurück in meine ersten Tage in Deutschland geworfen. Ich kam im Januar 1979 in einer grauen und kalten Stadt an. Immerhin kein Schnee. Sofort nutzte ich jede Gelegenheit, um meine geliebte Kirchenmusik zu hören. Anfang Februar sollte ein Chorkonzert in einer Kirche in einem abgelegenen Viertel stattfinden, in dem hauptsächlich Einwanderer lebten. Also fuhr ich mit der Straßenbahn und einem Falk-Faltplan unter dem Arm dorthin. Die große, düstere katholische Kirche war verschlossen. Dort war weit und breit keine Seele zu sehen. Bis auf ein Mädchen, das ebenfalls auf die Ankündigung für das Konzert hereingefallen war. Wir gingen um die Kirche herum, aber alle Türen waren verschlossen. Das Mädchen, ein paar Jahre jünger als ich, erkannte sofort an meinem Akzent, dass ich aus Israel komme. Wir plauderten ein wenig und sie schlug vor, dass wir zu

Fuß in die Stadt zurückgehen. Sie wollte ihre Mutter besuchen und lud mich ein, mitzukommen. Daniela, so heißt sie, erzählte mir, dass sie Jüdin sei. Ihr Vater, der bereits gestorben war, stammte aus Russland und war ein Holocaust-Überlebender, und ihre Mutter versteckte sich während des Krieges in Bukarest. Ihre Eltern lernten sich in Israel kennen. Nach einigen Jahren erkannten sie, dass sie sich dort nicht akklimatisieren würden und wanderten nach Paris aus. Dort wurde Daniela geboren. Als sie noch klein war, zogen ihre Eltern nach Frankfurt und eröffneten ein Restaurant. Sie haben hart gearbeitet und gut verdient. Daniela blieb ein Einzelkind. Kochgerüche lagen in der Luft, als wir in der Wohnung ihrer Mutter ankamen. Liana war eine elegante Frau, die mich an die ältlichen Damen erinnerte, die im *Café Rowal* in Tel Aviv saßen. Die Atmosphäre war locker, Liana gut gelaunt und sprühend vor Witz. Natürlich weigerte ich mich nicht, mitzuessen. Liana servierte etwas Rumänisches. Blumenkohlauflauf. Ihr Deutsch war voller Fehler und hin und wieder rutschte ihr ein rumänisches Wort heraus. Sie sagte ein paar Mal »Conopidă«.

»Blumenkohl auf Rumänisch«, erklärte Daniela.

Später am Abend habe ich auch gelernt, auf Rumänisch »Wie geht es dir?« zu fragen. Daniela hatte ein Identitätsproblem. Sie wäre am liebsten Französin gewesen, aber andere Identitäten klopften an und kämpften um die Vorherrschaft.

»Bin ich Rumänin, Deutsche, Israeli, Jüdin?«

Bis heute ist sie wie ein Vogel, der zwischen den Zweigen eines Baumes hin und her hüpft. Für mich ist es einfacher, ich muss mich nur zwischen Israel und Deutschland entscheiden. Dank Liana konnte ich die Juden, die seit Ende des Krieges in Deutschland lebten, besser verstehen. Sie alle sind Holocaust-Überlebende aus Osteuropa mit Biografien, die ich aus Israel so nicht kannte. Liana ist vor langer Zeit gestorben. Daniela lebt weiterhin in derselben Wohnung, die wie eine Palastkulisse aussieht.

In den 90er Jahren begann ich im literarischen Bereich zu arbeiten und lernte viele Menschen kennen, die vom Schreiben, Lektorat, Verlegen und Buchverkauf lebten. Unter anderem Dinu Popa, einen Deutschen mit rumänischen Wurzeln, der eine Buchhandlung führte. Ich prahlte damit, dass ich wüsste, was Blumenkohl auf Rumänisch heiße. Seitdem ruft er jedes Mal, wenn wir uns bei einer der literarischen Veranstaltungen treffen, »Conopidă« und verabschiedet sich erst danach. Gestern traf ich ihn zufällig wieder. »Conopidă« und Gelächter.

Bevor ich einschlief, kam der Blumenkohl zu mir zurück. Auch Liana (möge sie in Frieden ruhen) ebenso wie die Kälte, die mich hier vor 41 Jahren empfangen hat. Aber auch die ersten Menschen, die ich kennenlernte, und die versucht haben, mir den Übergang zu erleichtern, ihre Rücksichtnahme, die tiefe Scham wegen des Holocausts, auch die ersten Coming-out-Schritte. Blumenkohl gab es damals nur in Weiß. Heute gibt es Blumenkohl in vielen Farben. Die Menschen, die auf die Reinheit des Weißen bestehen, haben verloren.

Die Welt ist bunt geworden.

Kleine Kiesel #1

Seitdem er amerikanische Schlaftabletten nehme, erzählte mir ein Bekannter aus der Nachbarschaft, schlafe er wunderbar. Im Traum lande er jede Nacht auf einem anderen Flughafen in den USA. Letzte Nacht landete er in Cheyenne. Er wisse nicht, wo das sei und woher sein Hirn diesen Namen kenne. Er sagte, dass er noch nie in den USA war und auch nicht plane, das zu ändern.

»Nun«, sagte ich zu ihm, »das nennt man den ›American Dream‹.«

• • •

Ich holte eine Freundin ab, mit der ich zum Mittagessen verabredet war. Die Tür öffnete mir ihre Haushälterin Bruna. Ich kenne Bruna schon sehr lange und wir unterhalten uns immer ein bisschen. Bruna ist nicht mehr die Jüngste, kommt aus Kroatien und ist streng katholisch. Dieses Mal war sie besonders gesprächig:

»Ich war schon zwei Jahre nicht mehr in Sinj. Da bin ich geboren und groß geworden. Meine Mutter ist schon sehr alt und ich werde sie, egal wie die Corona-Situation sein wird, im August besuchen. In unserem Dorf gibt es eine große Maria-Himmelfahrt-Prozession. Da kommen die Menschen normalerweise von überall her. Diese Tradition ist uralt. Letztes Jahr fand die Prozession nicht statt.«

Dann wurde sie nachdenklich und sagte:

»An der Zufahrtstrasse zum Ort steht rechts eine weiße Madonna mit einem hellblauen Schal. Wenn ich sie sehe, weiß ich, dass ich zu Hause bin.«

Ich merkte, wie sehr ihr die Heimat fehlt. Ich kann das nachvollziehen und antwortete:

»Wenn wir von zuhause weggehen, nehmen wir immer ein Stück Heimat mit.«

• • •

Gleichberechtigung: Mann bestellt einen Cappuccino, Frau bestellt einen Espresso. Der Kellner bringt die Getränke und stellt dem Mann den Espresso und der Frau den Cappuccino hin. Mann bestellt einen Wein, Frau bestellt ein Bier. Same procedure.

• • •

Das Tagebuch in unserem Kopf erstreckt sich über das ganze Leben. Plötzlich kann ein Erinnerungssplitter aufflackern. Als ich neulich modernes Ballett im Fernsehen sah, erinnerte ich mich, dass ich mir als kleines Kind, vielleicht war ich fünf Jahre alt, ein buntes Kopftuch von meiner Mutter um die Taille gebunden habe und vor dem Spiegel in der Diele tanzte. Ob im Hintergrund Musik spielte oder nicht, weiß ich nicht mehr. Meine Mutter glaubte, ein Talent entdeckt zu haben, und brachte mich zu einer Lehrerin, die in unserer Siedlung Tanz und Eurythmie unterrichtete. Die Dame ließ mich ein bisschen tanzen, woran ich mich aber nicht mehr erinnern kann. Ich wurde nicht aufgenommen. Meine Mutter erzählte mir viel später, dass die Tanzlehrerin sagte, ich hätte Talent, aber wenn Jungs tanzten, würden sie schwul. Über die verpasste Chance muss ich mich jetzt nicht mehr ärgern. Aber die Dummheit der Lehrerin ärgert mich bis heute.

Geh nicht dahin, wo du nicht hinmusst

Ich weiß sehr wenig über meine Großeltern mütterlicherseits. Großmutter Yehudit wurde um 1890 und Großvater Eliezer offenbar zwei oder drei Jahre vor ihr geboren. Er ist gestorben, bevor ich zur Welt kam. Meine Großmutter starb 1985. Zweimal in ihrem Leben gingen sie an Orte, an die sie glaubten, gehen zu müssen. Vor dem Ersten Weltkrieg kamen sie von Polen nach Deutschland. Heute würde man sie als Wirtschaftsflüchtlinge bezeichnen. Dann wieder flüchteten sie im September 1933 aus politischen Gründen nach Palästina. Sie waren keine Zionisten. Meine Mutter, damals 16 Jahre alt, überzeugte meine Großeltern, Einreisezertifikate zu kaufen. Wenn meine Großmutter auf den Rat ihrer Mutter – »Geh nicht dahin, wo du nicht hinmusst« – gehört hätte, sie wäre damals in Polen geblieben. Wenn meine Großmutter sich selbst vertraut und nicht auf die Stimme ihrer Tochter gehört hätte, wäre sie in Deutschland geblieben. In beiden Fällen wäre das Ende klar gewesen. Vielleicht müssen wir also manchmal aufstehen und gehen, auch wenn nicht klar ist, was uns an dem neuen Ort erwartet.

Ich ging auch. Von Tel Aviv nach Frankfurt, im Alter von 27 Jahren. Die Zukunft war ungewiss und ungeplant. Auch dieser Ortswechsel wurde vom jüdischen Rat begleitet: »Geh nicht dahin, wo du nicht hinmusst.« Meine Großeltern planten nicht, ich plante nicht. Das Leben kam und überraschte und erfreute mich. Es war traurig und aufregend, machte mich wütend, und süß und bitter war es auch. Polen, Deutschland, Israel. Und wieder Deutschland.

Kleine Kiesel #2

Nach langer Zeit wieder eine Mail von einem Freund in Israel bekommen. Er hat einen Edeltrödelladen in Tel Aviv. Porzellan, Schmuck, Kleinmöbel, Murano-Vasen und -Aschenbecher, Designerklamotten. Die Klientel besteht überwiegend aus Frauen und Schwulen. Für jeden Geschmack ist da etwas zu finden. Je schriller, desto besser. Er verrät mir sein Erfolgsgeheimnis: Zu jedem Gegenstand hat er etwas zu erzählen. Meistens erfindet er die Geschichten. Er dichtet einer Jacke an, dass sie von einem berühmten Sänger getragen wurde, und der Schmuck einer bekannten Schauspielerin gehörte.

Ich muss lachen, als ich das lese. Er verkaufte auch alte Alu-Töpfe, die angeblich von Sterneköchen benutzt wurden. Dann denke ich, dass Reliquien die Menschen schon immer fasziniert haben. Da macht es keinen Unterschied, ob es ein Knöchelchen der Heiligen Agatha von Catania oder das Taschentuch von Marylin Monroe ist. Die eine war Jungfrau und für das Tauen von Schnee und Eis zuständig. Die andere war auf jeden Fall keine Jungfrau und war für das Schmelzen der Herzen zuständig.

• • •

Eine Freundin fotografiert die Blumensträuße, die sie geschenkt bekommt. Als ich sie fragte, warum sie das mache, antwortete sie:

»Wenn die Blumen schon längst in der Biotonne gelandet sind, schicke ich den Freunden, die mir den Blumenstrauß geschenkt haben, eine WhatsApp-Nachricht, um zu zeigen, dass die Blumen noch immer frisch und schön sind. Ich werde für die gute Pflege bewundert und bekomme immer wieder neue Blumensträuße, auch ohne Geburtstag zu haben.«

• • •

Redewendungen und einzelne Wörter in meiner Muttersprache und in der Sprache meiner Mutter, würzen mir den Alltag und überraschen mich immer von Neuem. Ich schreibe die klugen, derben, dummen und witzigen Worte auf kleine Zettel, damit ich sie alsbald in einen Text einbauen kann. Obwohl Deutsch und Hebräisch so grundverschiedene Sprachen sind, handelt es sich um flexible Sprachen, die mir viel Spielraum geben, um ihre Elastizität zu testen. Wie eine Biene sammle ich auch Wörter aus dem Radio, aus Büchern und in der U-Bahn. Neulich sprach man von einem »Allround-Künstler«, da hatte ich schon wieder ein Wort für die Sammlung: »Gattungsübergreifend.«

Der Streik der Lokführer führte im Bahnverkehr zu »Unwägbarkeiten.« Zunächst dachte ich, dass es schlichtweg »Unwegbarkeiten« heißen könnte. Wenn die Bahn nicht fährt, kommt man nicht vom Fleck.

In einer Sendung über die Waldbrände im Harz, die wegen der extremen Trockenheit entstanden sind, wurde berichtet, dass Bäume auf die Straßen fallen. Und schon gab es den Begriff: »Verkehrssicherungsgefährdung.« Herrlich. In einem Wort ist alles gesagt. Lang lebe das Kompositum.

• • •

Ein Trost für die schrecklichen Nachrichten aus Afghanistan kam von meinem Freund Daniel Johannsen, einem sehr guten Tenor aus Österreich, der mich auf die, wie er schrieb, schönste Tenor-Arie von J. S. Bach aufmerksam machte. »Bleibt, ihr Engel, bleibt bei mir!« (Kantate BWV 19). Die Streicher spielen die Melodie und der Tenor singt seinen Text. Bach versteht es wieder, mit einer Trompete oberhalb dieser Melodie einen Choral über allem schweben zu lassen. Und der Sänger singt weiter: »Führet mich auf beiden Seiten, dass mein Fuß nicht möge gleiten.« Danach wird der Text noch frommer. Von der Schönheit der Musik und der Freude über den Choral, der sich da hineingeschmuggelt hatte, bin ich begeistert. Dann muss ich schmunzeln. Neulich, nachdem ich fast in der Badewanne ausgerutscht bin, begann ich, eine rutschfeste Badematte zu benutzen.

Avocado

Vor dem Schlafengehen lese ich im Bett noch einige Seiten aus einem Buch. Neben dem Kopfkissen liegen das Buch und die Lesebrille, die ich seit zwei Jahren brauche. Unter dem Buch stapeln sich noch viele andere Bücher, die ich von meinem jährlichen Besuch in Israel mitgebracht habe. Geduldig warten sie, bis sie dran sind. Einige werde ich mit Sicherheit nie lesen. Die Bücher vermehren sich. Sie sind wie Lava, die ein Vulkan ausspeit. Manchmal sprudelt er, manchmal hat er eine ruhige Phase. Am Bett habe ich auch Papiertaschentücher, für alle Fälle, und eine Tube Avocado-Handcreme. Ich bringe stets einen Jahresvorrat dieser Handcreme aus Israel mit.

Bevor ich das Licht der Leselampe lösche, fällt mein Blick auf die Tube und die grünlichen, rundlichen Buchstaben auf Hebräisch: »Avocado – nahrhafte Creme für Hände und Körper«. Die Haut an meinen Händen ist spröde und trocken.

Wasser, Erde, Sonne und Kälte setzen ihr zu. Viele Altersflecken habe ich auch und es werden immer mehr.

Immer wenn ich die Avocado-Creme sehe, fällt mir der Avocadobaum vor dem Schlafzimmerfenster meiner Eltern ein. Es war ein männlicher Baum und in all den Jahren hat er nur eine einzige Frucht getragen. Manchmal erinnere ich mich auch an einen verzauberten Abend, viele Jahre ist das schon her. Ich hatte in einer Bar in Tel Aviv einen reizenden Mann kennengelernt. Es hat zwischen uns geklickt und ich fuhr mit ihm zu seinem Haus. Er war Bauer und wohnte hinter Herzliya. Danach gingen wir in den dunklen Garten, pflückten reife Avocados, zerquetschen sie mit der Gabel und mischten sie mit Salz, Pfeffer, Frühlingszwiebelringen und Zitronensaft. Anschließend haben wir harte, geriebene Eier dazugegeben. Die Guacamole aßen wir auf frischem Roggenbrot. In meiner Kindheit gehörte Guacamole zu unseren Grundnahrungsmitteln. Avocados waren billiger als Butter.

Ich öffne die Tube, drücke die Creme von unten heraus auf eine meiner Handflächen. Aus der Tube entfleucht eine Luftblase. Eine israelische Luftblase, die geduldig in der Tube auf ihre Befreiung in die deutsche Luft gewartet hat. Wie die hebräischen Bücher, die sich neben meinem Kopfkissen türmen und ebenfalls auf ihren großen Moment warten.

Kleine Kiesel #3

Ich fahre mit der U-Bahn und denke wieder einmal, wie viele Sprachen in Frankfurt gesprochen werden. Als Kind spielte ich mit meiner Mutter gerne Scrabble. Die exotischen Buchstaben Q, Y und Z gibt es nur einmal und dennoch kann man sie schwer einsetzen. Wie sehen die exotischen Buchstabensteine im Polnischen, Tschechischen und in sonstigen Sprachen aus, in denen auf die Buchstaben Dächer gesetzt werden und unter denen Wurzeln in Form von Strichen und Pünktchen sprießen? Die »Locke« auf dem spanischen N sollte laut EU abgeschafft werden. Das ist aber zum Glück nicht geschehen und Spanien heißt noch immer España.

• • •

Rutschfeste Badematten werden mit der Zeit unansehnlich. Ich kaufte eine neue Matte und rutschte prompt in der Badewanne aus. Sofort wurde diese gefährliche Matte entsorgt und eine andere gekauft. Ich wünsche allen, dass sie nicht ausrutschen, weder in der Badewanne noch auf dem Bürgersteig.

• • •

Der Bildschirm meines PCs war nur noch schwarz und ich stellte fest, dass die Festplatte den Geist aufgegeben hatte. Ein neuer PC musste her. In diesem Moment sehnte ich mich nach Ur-Kasdim, als noch mit zwei Stäben im feuchten Lehm geschrieben wurde. Die Täfelchen mit der Keilschrift existieren noch heute. Wie lange überleben moderne Datenträger?

Der neue PC ist jetzt da und ich muss mich erst an ihn gewöhnen. Er ist wie ein neuer Mann im Bett. Was braucht er? Wird er jetzt meine Befehle ausführen? Muss ich ihn besänftigen?

• • •

In der U-Bahn hörte ich, wie ein etwa zehn Jahre alter Junge seiner Mutter beichtete, dass er bei einem

Freund Fleisch gegessen hatte. Die Mutter, anscheinend vegan oder vegetarisch, schien sichtlich entsetzt zu sein. Dann fragte sie aber ganz beiläufig, ob es ihm geschmeckt habe.

»Ja, es hat mir gut geschmeckt, aber ich habe das Gefühl, dass ich dich betrüge«, sagte der Junge.

Die Mutter fragte: »Und was willst du jetzt machen?«

Ihr Sohn wiederum fragte: »Darf ich bei meinem Freund Fleisch essen?«

Die Antwort bekam ich nicht mehr mit, da ich aussteigen musste. Beim nächsten Mal fahre ich eine Haltestelle weiter.

Datteln von ALDI

Ich stehe an der Kasse. Hinter mir legt ein älterer Herr (der wahrscheinlich so alt ist wie ich) seine Einkäufe auf das Band. Darunter waren Zwetschgen und getrocknete Datteln. Ich frage ihn, woher sie stammen.

»Aus Deutschland«, antwortet er.

Ich sage: »Nein, nicht die Zwetschgen, die Datteln«.

»Ah«, sagt er, »aus Algerien, in der Sonne getrocknet und ohne Konservierungsstoffe.«

Ich frage ihn, ob er schon mal frische Datteln gegessen habe.

Er lacht.

»Ja, ich bin in Ägypten geboren, ich habe dort 23 Jahre gelebt. Ich bin Grieche. Meine Familie lebte viele Generationen in Alexandrien. Meine Großeltern waren Nachbarn von Kavafis.«

Ich habe nicht erwartet an der Kasse von ALDI etwas über Kavafis zu hören und erzähle ihm, dass ich aus Israel sei, und dass dort die Sorte Medjoul sehr beliebt ist und die anderen Sorten verdrängt hat. Eigentlich, erkläre ich ihm, äßen die Dattelbauern selbst lieber andere Sorten wie Deglet Nour, die »Dattel des Lichtes«, die kleinere Früchte habe, deren Aroma viel feiner sei.

Der Mann erzählt mir, dass er früher oft in Eilat war. Ich entgegne: »Ach, diese hässliche Stadt.« Er aber meinte, da könne man bestens tauchen, und deshalb sei er hingefahren. Wir verabschieden uns. Der Grieche aus Ägypten wird die deutschen Zwetschgen und die algerischen Datteln essen. Ich habe auch Obst gekauft, aber auch Quark und Hundewurst für Emma.

Die Welt ist voller Geschichten.

Kleine Kiesel #4

Von den grünen Bohnen, die ich zubereite, schneide ich die Enden ab und teile sie in der Mitte. Das Radio schalte ich nicht ein. Es ist meine Küchenmeditation. Ich betrachte jede Bohne sehr genau, denn sie sind nie gleich. Währenddessen erinnere ich mich an eine Freundin, die einen Familienbetrieb leitet, ständig unter Zeitdruck steht und wirklich sehr viel auf die Beine stellt. Kochen kann sie allerdings überhaupt nicht.

Sie erzählte mir, dass sie für ein verlängertes Wochenende zu einem Yoga-Retreat gefahren war. Es handelte sich um eine alternative Gruppe. Der Coach sprach über die Diversität in der Natur. Auch die Tiere und die Menschen seien alle voneinander abhängig. Die Teilnehmer sollten die unendliche Vielfalt erkennen und in sich aufnehmen. Außer Yogaübungen musste die Gruppe auch das gemeinsame Essen zubereiten. Jeder bekam ein Pfund grüne

Bohnen sowie ein kleines Messer und sollte die Enden abschneiden und die Bohnen in der Mitte teilen. Als die Arbeit beendet war, fragte der Coach, was die Teilnehmer daraus gelernt hätten.

Meine Freundin antwortete: »Jede Bohne ist anders.«

Ich sagte zu ihr: »Das hätte ich dir auch so sagen können.«

• • •

Im Deutschlandfunk Kultur spricht die Moderatorin über den neuen Roman von Jenny Erpenbeck. Sie nennt ihn »Kairo«. Der Roman heißt aber *Kairos*. Die einzige Entschuldigung wäre, dass in Kairo mehr Kairos zu finden ist als in Deutschland.

• • •

Ich sprach mit einem Freund über die Angst vor Demenz und erzählte ihm, dass mein Vater Alzheimer hatte und mein Bruder ihn immer fragte, wie viele Kinder er habe und wie die Nummer seines Personalausweises laute. Die Antworten meines Vaters waren von der Tagesform abhängig. Der Freund wiederum erzählte, dass seine Mutter auch dement war. Sie war eine waschechte Frankfurterin und wenn er sie besuchte, fragte er sie immer nach ihrem Rezept für Grüne Soße. Sie erklärte ihm ganz genau, wie sie die Grüne Soße zubereitete und zählte alle sieben Kräuter auf. Kurz vor ihrem Tod, als er sie wieder einmal nach ihrem Rezept gefragt hatte, lächelte sie ihn nur noch liebevoll an und sagte:

»Du musst die krause Petersilie nehmen.«

• • •

Ich höre gerne die Sendung *Doppelkopf* auf hr2-kultur. Dort darf der Gast drei Musikstücke vorschlagen, die während der Sendung eingespielt werden, und muss seine Auswahl begründen. Neulich wählte Hans-Jürgen Urban (vom Vorstand der IG Metall) die Cellosuite Nr. 1 von Johann Sebastian Bach. Die Wahl fiel auf den Cellisten Peter Wispelwey. Der Grund für diesen Vorschlag war, dass dieser im Köthener Stimmton spiele. Ich lerne nie aus und googelte deshalb gleich den Köthener Stimmton. Es geht dabei um die Stimmtonhöhe. Zu Bachs Zeit wurden die Instrumente in Köthen im »tiefen Kammerton« (ca. 392 Hz.) gestimmt. Der Ton ist entsprechend weich und samtig. Bei der nächsten Auseinandersetzung werde ich sagen:

»Bitte sprich mit mir im Köthener Stimmton.«

Sehnsucht

Ich bezahle das Kopierpapier an der Kasse des Schreibwarenladens. Eine der Kassiererinnen ruft: »Heute ist nicht mein Tag.«

Ich sage laut: »Schade, denn dieser Tag kommt nicht wieder zurück. Das Leben ist keine Generalprobe.«

Die Kassiererin an meiner Kasse lächelt und sagt etwas, das ich nicht verstehe. Sie hat einen Akzent und ich frage, woher sie kommt.

»Aus Venezuela.«

»Hast du keine Sehnsucht?«, frage ich sie.

Sie kennt das Wort »Sehnsucht« nicht. Ich lege meine Hand auf mein Herz, führe sie vom Körper weg und frage:

»Fliegt dein Herz nicht nach Venezuela?«

»Ständig«, antwortet sie.

»Wie lange bist du schon hier?«

»Fast zwei Jahre.«

»Glaub mir, man gewöhnt sich daran. Ich bin seit 40 Jahren hier.«

Eine andere Kundin mischt sich in das Gespräch ein und möchte wissen, woher ich stamme.

»Aus Israel.«

Ihr Gesicht strahlt und ich weiß bereits, was passieren wird. Ich spreche sie auf Hebräisch an und tatsächlich antwortet sie in einwandfreiem Hebräisch.

»Ich bin keine Jüdin, ich habe 13 Jahre als Altenpflegerin in Israel gelebt. Jetzt pflege ich eine 96-jährige Jüdin. Leider ist sie dement.«

»Mein Name ist Eldad Stobezki, wie heißt du?«

»Jana.«

»Aus Polen?«

»Aus Bulgarien.«

Ich kann sehen, wie glücklich sie ist, jemanden gefunden zu haben, der Hebräisch spricht, und habe das Gefühl, dass sie das Land sehr vermisst. Trotzdem habe ich mich von ihr verabschiedet, ohne ihr meine Telefonnummer zu geben. Sie war ein wenig enttäuscht, aber ich kann mich nicht mit jedem anfreunden, der Hebräisch spricht. Trotzdem war es eine schöne Begegnung, menschlich und auf Hebräisch.

Kleine Kiesel #5

Zwei junge Männer räumten die Obst- und Gemüseregale bei ALDI ein. Der eine erklärte:

»Diese Mangos sind aus Israel.«

Ich sagte: »Ich bin auch aus Israel.«

»Cool«, antwortete er, »Shalom Chaver.«

• • •

Auf der Straße fuhr ein kleiner LKW mit Anhänger. Als Musikliebhaber fiel mir sofort der Name der Gartenbaufirma auf: Kastrati. In Italien und anderen Ländern hat man bis ins frühe 19. Jahrhundert Jungen kastriert, um deren hohe Stimmen zu bewahren. Das ist Geschichte, die nie wiederkehrt. Als ich von einer KI wissen wollte, wann dieser barbarische Brauch aufgehört hat, bekam ich die gesuchte Information zwar sehr schnell, doch sie verschwand sogleich vom Bildschirm und die KI fragte, ob ich nicht lieber etwas anderes fragen wolle.

• • •

Wir putzen unsere Wohnungen, saugen und wischen, und denken nie daran, dass täglich hundert Tonnen Sternenstaub auf die Erde rieseln. Dieser Staub stammt von kleinen Meteoriten, die in die Erdatmosphäre eintreten und dabei verglühen.

• • •

Auf dem Bürgersteig steht ein Karton mit der Aufschrift »Zu verschenken«. Aus dem Karton nehme ich eine weiße Porzellanvase, drehe sie um und entdecke, dass es sich um eine Rosenthal Vase handelt. Ich überlege, ob sie noch hässlich ist, oder schon schön.

Knöpfe

Das Foto einer verlassenen Knopffabrik, das auf Facebook auftaucht, bringt mich zum Nachdenken. Tausende Knöpfe liegen auf dem Boden und der Treppe, was einem bunten, glänzenden Wasserfall ähnelt. Die Knöpfe sind verwaist. Sie werden ihre Knopflöcher nicht mehr finden und keine Hemden, Kleider, Mäntel und Taschen mehr zuknöpfen.

Die Erfindung des Knopfes ist vielleicht genauso wichtig wie die Erfindung des Feuers. Kleider machen Leute. Sind wir Menschen denn etwas anderes als Tiere? Sind es die Kleider, die uns von den Tieren unterscheiden? »Denn es geht dem Menschen wie dem Vieh. Wie dies stirbt, so stirbt er auch, und haben alle einerlei Odem, und der Mensch hat nichts mehr als das Vieh, denn es ist alles eitel« (Prediger 3, 19).

Wer hat nicht schon erlebt, dass ein Knopf im entscheidenden Moment abfällt? Man hat es eilig zu einer Hochzeit oder einer Beerdigung zu kommen, und von dem einzigen passenden Hemd, das man gewaschen und gebügelt hat, fällt nun dieser eine Knopf ab.

Wer hat mir beigebracht, einen Faden durch die Öse einer Nadel zu fädeln, die Nadel in ein Tuch zu stecken, die Nadel in eines der Löcher im Knopf zu führen und mit dem Nähen zu beginnen? In der Schule wurde es mir sicherlich nicht beigebracht. Dort lernten nur die Mädchen zu Nähen und die Jungen sägten Holz und machten kleine Regale und Menoras daraus. Ist es heute anders?

Alle Genderfragen können durch Knopflöcher beleuchtet werden. Manche sagen noch immer, dass Mädchen kugelrund wie Knöpfe seien. Ihre Rolle ist definiert und es besteht keine Notwendigkeit, näher darauf einzugehen. Die Rolle der Jungen ist ebenfalls festgelegt. Sie sind die Nadel.

Und hier etwas aus den Quellen: »Während ein Mann etwas sagte, das Rabbi Tarfon gefiel, sagte er: ›Knopf und Blume!‹ Die Dinge sind hübsch und

rund wie ein Knopf und schön wie eine Blume.'»
(Priestergeschenke, Bereshit Rabbah 91, 12).

Meine Mutter hatte einen Freund, dessen Mutter starb als ich noch ein kleines Kind war. Dieser Freund brachte meiner Mutter eine runde, dänische Butterkeksdose und eine quadratische Holzkiste vorbei.

»Das ist alles, was von seiner Mutter übrig ist«, erklärte meine Mutter und überprüfte den Inhalt der Behältnisse.

In der runden Blechdose befanden sich Hunderte einzelner Knöpfe, die im Laufe der Zeit von der Kleidung der alten Frau abgefallen waren, und die sie stets aufbewahrt hatte. Man könnte ja mal einen Knopf gebrauchen. In der Holzkiste wiederum waren Gummibänder, die mit einer Sicherheitsnadel in Höschen eingefädelt werden konnten, Nähgarn und Nadeln in verschiedenen Größen.

»Das ist alles, was von ihr übrig geblieben ist«, sagte meine Mutter erneut.

Ich versuchte zu verstehen, warum Mutter so traurig war. Immerhin hatte Großmutter auch große runde Blechdosen mit Knöpfen und Nähgarn. Oma hatte auch einen Holzpilz, den sie aus Deutschland mitgebracht hatte, und auf den sie die löchrigen Socken legte, um sie zu reparieren. Ich kannte die verstorbene alte Frau nicht, aber ich stellte mir vor, wie sie Knöpfe annähte und Höschen reparierte, deren Gummis sich gelockert hatten. Meine Mutter war nicht anders. Auch sie nähte Knöpfe wieder an und fädelte neue Gummibänder in Unterhosen.

Während der Lebensmittelknappheit in den 50er Jahren ließ sie sich von ihrer Schwester aus New York Blechdosen mit amerikanischem Kaffee schicken. In diesen Dosen bewahrte sie ihren Schatz auf: In einer Dose waren weiße und helle Knöpfe. In der anderen waren die farbigen Knöpfe. Gelegentlich kramte meine Mutter in den Blechdosen und fischte die passenden Knöpfe heraus. Jeder einzelne von ihnen hatte eine Geschichte. Eine Büchse der Pandora mit vergessenen Erinnerungen an Purim-Ballkostüme, einen Kamelhaarmantel und Arbeitshemden.

Meine Mutter nahm einen Knopf aus der Dose und sagte:

»Perlmutt. Ich weiß leider nicht mehr, woher dieser Knopf stammt.«

Der Knopf funkelte in verschiedenen Farben. »Das Perlmutt«, fügte meine Mutter hinzu, »ist eine natürliche Muschel.«

Bis heute suche ich an den Stränden nach solchen Muscheln. Ich bewahre sie in Glasbechern auf der Fensterbank auf und denke an meine Mutter und an all die Frauen, die Knöpfe annähten und Löcher in Socken stopften.

Hat meine Mutter jemals Knöpfe gekauft? Ich denke nicht. Sie hatte einen unerschöpflichen Bestand. Ich erinnere mich, dass sie Stoffe in einem Geschäft in der Nahalat Binyamin Straße gekauft hat. Der Laden hieß Gargir und der Ladenbesitzer flirtete mit ihr. Hat sie dort vielleicht doch auch Knöpfe gekauft?

In Frankfurt gibt es einen alten Kurzwarenladen. Die Verkäuferinnen kennen alle Geheimnisse des Berufs und der Laden ist voller Kunden. Manchmal verirrt sich sogar ein Mann hinein. Ich gehe gelegentlich an dem Laden vorbei und schaue in das Schaufenster. Nur selten brauche ich etwas. Beim Kauf eines Kleidungsstücks mit Knöpfen gibt es mittlerweile die Ersatzknöpfe gleich dazu.

Als meine Mutter starb, erbte ich die beiden Kaffeedosen aus Amerika. Aber das Erbe meiner Mutter, die mir das Annähen von Knöpfen beigebracht hat, geht weit über ein Knopfloch in einem Hemd hinaus.

Kleine Kiesel #6

Ich bin Mitglied in einer Facebook-Gruppe, die sich mit der hebräischen Grammatik beschäftigt. Ich lerne dort sehr viel und oft ist es auch irre amüsant. Neulich berichtete eine Frau, dass sie in einem Date-Portal jemanden kennenlernte, der viele Schreibfehler machte, und sie bat um Rat, wie sie sich verhalten solle.

»Würdest du mit jemanden, der die Orthografie nicht beherrscht, weiter korrespondieren?«

Eine interessante Frage, die zum Nachdenken anregt. Mangelte es da an Schulbildung oder lag das Problem woanders? In der Tat ist einer meiner ältesten Freunde Legastheniker.

• • •

Ich warte an der roten Ampel. Eine Frau mit Fahrrad stoppt neben mir. Ich gehe zwei Schritte zur Seite, damit sie gleich besser starten kann. Sie bedankt sich. Ich sage:

»Ich kann in der Welt kaum etwas bewegen, aber ich kann zwei Schritte zur Seite gehen.«

• • •

Wenn israelische Autoren das Wetter beschreiben, dann erwähnen sie meist Regen, Wind und Kälte. Diese Wetterphänomene sind in Israel rar und begehrt. Amos Oz beschreibt in *Judas* den Winter in Jerusalem. Es ist dort im Winter schon kalt, aber nicht so kalt wie in Reykjavik. Zeruya Shalev beschreibt in ihrem Roman *Schicksal* (kann ich nur empfehlen) das verdunkelte Zimmer einer alten Dame. Auch ein sehr beliebtes Motiv.

Die aus Europa ausgewanderten Mütter der Autorinnen leiden oft an Migräne und verbringen die Tage hinter schweren Gardinen und geschlossenen Jalousien. Wie schön, dass bei uns zu Hause die Fenster immer offen waren (in der Vorzeit der Klimaanlagen) und meine Mutter nie Migräne hatte. Die stillen, verdunkelten Räume bleiben für mich Fiktion.

• • •

Kein Buch schildert die Boshaftigkeit der Menschen besser als das Alte Testament. Gott hat versucht, alles noch einmal in Ordnung zu bringen, und ließ die Sintflut herunterprasseln. Das hat aber nichts genutzt.

Gott hätte auf die Arche Noah verzichten sollen. Dann hätte es zwar länger gedauert, bis in dem Tohuwabohu wieder die Schöpfung erkennbar geworden wäre, aber es wäre kein Restart des gleichen Programmes, sondern wirklich etwas Neues gewesen. So wie nach den Dinosauriern.

Schienen

In Kürze erreicht der Zug den Frankfurter Hauptbahnhof. Vom Fenster aus schaue ich auf unzählige Schienen und verlassene, zerstörte Gewerbegebäude. Rost und zerbrochenes Glas. Ein altes Paar geht entlang der stillgelegten Schienen spazieren. Was suchen sie dort? Weggeworfene Wertgegenstände? Kräuter?

Ich erinnere mich an die wilden Oregano-Sträucher, die entlang der Bahnschienen zwischen Maoz Aviv und Sheikh Munis wuchsen. Als ich ein Kind war, konnte man diese Schienen noch problemlos überqueren, auf den Hügel gehen und über die Start- und Landebahnen des Flughafens Sde Dov bis zum Strand gelangen.

Als ich wieder zu Hause bin, schreibe ich ein Haiku über die Alten, die in den Gleisen verloren zu sein schienen.

Ein altes Paar
geht
An stillgelegten Bahnschienen
entlang

Ich maile das Haiku an einige Freunde in Israel. Tzipi, deren Eltern in Polen die Shoah überlebten, schreibt sofort: »Deportationszug?«

Die Wahrheit ist, dass ich darüber nicht mehr nachdenke. Nach so vielen Jahren in Deutschland bin ich schon gewohnt, Zug zu fahren, ohne zu denken, dass das Ziel meiner Reise Auschwitz ist. Es brauchte lange, bis ich diese Wahnvorstellung losgeworden bin. Und noch immer, wenn ein Zug sehr voll ist und sich verspätet, tröste ich mich mit der Tatsache, dass die Bahnreise nach Auschwitz viel schlimmer war. Mein Mann mag es nicht, wenn ich mich über die Shoah lustig mache. Das kann man nur mit Juden der zweiten Generation machen.

Die Alten an den Bahnschienen erinnerten mich auch an Ehud und Ahuva. Wir waren zusammen im Gymnasium und nach dem Abitur verloren sich unsere Wege. Fast fünfzig Jahre sind seitdem vergangen. Im Februar dieses Jahres war ich wieder in

Israel und wir trafen uns. Beide sind schon Rentner und haben erfolgreiche Karrieren hinter sich. Ahuva gründete eine Institution, die sich um psychosoziale Rehabilitation kümmert. Sie ist immer noch weltweit als Dozentin gefragt. Ehud war in der Pharmaindustrie tätig. Gerne hörte ich zu, wie beide bescheiden und sachlich über ihre Forschungen und Erfolge berichteten.

Dann rückten sie damit heraus, dass sie gerne nach Osteuropa reisen. Sie quartieren sich dann in einfachen Pensionen ein, jedes Mal in einer anderen Stadt. Nach dem Frühstück laufen sie bis zur Erschöpfung an den Bahnschienen entlang. Wenn sie dann ein Dorf oder ein Städtchen erreichen, kehren sie in einem Gasthof ein, essen einfache Speisen und trinken dazu Bier und Korn. Danach fahren sie mit dem Zug zurück und fallen todmüde ins Bett. Am Tag darauf wählen sie Bahnschienen, die in eine andere Richtung führen. Ehuds Eltern waren Shoah-Überlebende aus Rumänien. Ich kannte sie. Die Eltern Ahuvas kannte ich nicht und wollte auch nicht zu viel fragen. Es hörte sich vollkommen verrückt an, dass sie diese Wanderungen entlang von Gleisen unternehmen. Ich glaube nicht, dass ich jemandem so etwas erzählt hätte. Für ihre Offenheit war ich allerdings sehr dankbar. Vielleicht dachten sie, ich würde es verstehen, weil ich in Deutschland lebe. Sie kicherten zwar selbst darüber, sagten aber, dass sie es nicht lassen könnten, sie müssten an den Bahnschienen entlang gehen. Manchmal fänden sie einen verrosteten Schlüssel, manchmal eine alte Münze. Sie planten die Wege nicht und hätten im Voraus auch keine Ahnung, welches Dorf sie erreichen würden. Sie wüssten nicht, wie viele Juden dort gelebt hätten, ob die Ruinen der Synagoge und des Friedhofs noch existierten, oder ob auf dem Gelände ein Einkaufszentrum gebaut wurde. Das interessierte sie auch nicht.

Es sind eben Ahuva und Ehud auf ihrem ewigen Marsch entlang der rostigen Bahnschienen. Wir treffen uns wieder, wenn ich nächstes Jahr in Israel bin.

Kleine Kiesel #7

Im Radio hörte ich einen Beitrag über Grahambrot. Dieses Brot wurde 1829 von Sylvester Graham, einem amerikanischen Prediger, als Alternative zum Weißbrot entwickelt. Das Backerzeugnis aus feinem Vollkorn-Weizenschrot sollte nicht nur gesünder sein als helles Brot, sondern auch die sexuelle Lust mindern, die der Verzehr von Weißbrot angeblich steigern solle.

Aus dem gleichen Grund wurde in den USA auch die Beschneidung propagiert. Jetzt stelle ich mir einen armen Mann vor, der beschnitten ist und fades Grahambrot verspeist. Bei diesem Gedanken wird mir übel. Wenn es darum geht, einem das Leben zu vermiesen, ist die Fantasie der Protestanten grenzenlos.

• • •

»Was war die größte Ehre, die dir zuteilwurde?«

Eine überraschende Frage, die ich aber sofort beantworten konnte.

»Als ich 11 Jahre alt war, sprang unsere Terrier-Hündin auf mein Bett und brachte zehn Welpen zur Welt.«

Von all den Betten im Haus wurde meines von ihr auserkoren. Danach bekam ich eine neue Matratze.

• • •

Einmal in der Woche helfe ich abends in einer benachbarten Buchhandlung aus. Wenn ich Leerlauf habe, versuche ich so schnell wie möglich die Neuerscheinungen zu studieren. Am Anfang der Woche las ich den Klappentext von *Großer Bruder, kleine Schwester*, einem Buch der kanadischen Autorin Kim Thúy. Die Wortschöpfung »Reisfeldgrüne Augen« begeisterte mich. An anderer Stelle las ich einmal, dass das Grün der Reisfelder mit keinem anderen Grün vergleichbar sei. Wie viel Fernweh steckt im Wort »Reisfeldgrün«? Ich würde diese Reisfelder gerne einmal sehen. Auf einer Insel im Indischen Ozean besuchte ich vor vielen Jahren Teeplantagen. Die intensive grüne Farbe der Teepflanzen beeindruckte mich damals sehr. Kurz nachdem ich das Buch wieder auf den Tisch mit den Neuerscheinungen legte, kam eine junge Frau in den Laden. Sie suche einen Roman.

»Schön soll er sein«, sagte sie.

»Soll es ein Geschenk sein?«, fragte ich.

»Nein, für mich«, antwortete die Kundin.

Ich zeigte ihr den Roman von Kim Thúy, sie blätterte ein bisschen darin und kaufte das Buch. Da war ich, der Laien-Buchhändler, glücklich und zufrieden.

• • •

Kurz darauf kam eine weitere Kundin in den Laden. Sie war nicht jung, sprach im Frankfurter Dialekt und berichtete von einem Unterhaltungsroman, den sie gerade gelesen hatte. Wir kannten uns nicht. Sie sagte, dass sie leichte Lektüre bevorzuge, und bemerkte:

»Wissen Sie, ich lese, um einschlafen zu können, ich suche einen Roman ohne Juden und ohne Holocaust.«

Der Glaube versetzt Berge

Einmal im Jahr kommt ein Techniker, der die Rauchmelder in der Wohnung überprüft. Letztes Jahr erschien ein stämmiger Kerl, der eine schöne braune Haartolle hatte. Ich schätzte ihn auf circa 40. Er lächelte, stellte sich mit dem Vornamen Erwin vor und fragte, in welchen Räumen die Rauchmelder seien. Er sagte:

»Ich habe noch nie eine Wohnung mit so vielen Büchern gesehen. Ich lese kaum. Können Sie mir einen spannenden Roman empfehlen? Etwas zum Schmökern?«

Er war der erste Techniker, der die vielen Bücher, die in allen Zimmern einsortiert waren, bemerkt hatte. Meine Güte, er schien wirklich ein Buch lesen zu wollen. Ich war durcheinander. Um ein Buch zu empfehlen, muss man etwas über sein Gegenüber wissen. Meine Standardfrage lautete: »Wo bist du aufgewachsen?«

Er erwähnte ein abgeschiedenes Dorf im Vogelsberg. Zufälligerweise kannte ich den Ort, weil ein Freund von mir, der in Frankfurt lebt, dort geboren und aufgewachsen ist. Ich nutzte dieses Wissen aus und sagte: »Dann bist du sicherlich katholisch. Bist du noch in der Kirche?«

Erwin erklärte, dass die Menschen in seinem Dorf in der Tat erzkatholisch und die Nachkommen zweier Familien sind, die seit Hunderten von Jahren untereinander heiraten. Er lachte:

»Der dünne Genpool wird manchmal von einem Partner oder einer Partnerin aus benachbarten Orten gefüllt. Sonst wären alle schon schwachsinnig.«

Ich lachte auch.

»Mir scheint, dass du ganz und gar nicht schwachsinnig bist. Lebst du noch dort oder bist du nach Frankfurt gezogen?«

Ich hatte den Verdacht, dass er schwul sein könnte und entsprechende Fantasien. Er lächelte wieder und antwortete:

»Ich konnte dort nicht bleiben. Ich wäre erstickt. Der Katholizismus lässt einem keine Luft zum Atmen. Erstaunlich, dass diese Dörfler noch an all den Schwachsinn glauben. Ich sehe in den Unterlagen, dass in dieser Wohnung noch ein anderer Mann lebt. Wer ist dieser Mann?«

Ich war auf eine derart direkte Frage nicht vorbereitet. Ich erzählte ihm, woraus ich ohnehin keinen Hehl mache:

»Der andere Mann ist *mein* Mann. Wir leben schon sehr lange zusammen und wir sind verheiratet.«

Er schaute mir direkt in die Augen und sagte:

»Chapeau. In meinem Dorf wird es noch zweihundert Jahre dauern, bis so etwas möglich ist. Ich stehe auch auf Männer. Und du gefällst mir.«

Er klebte mir einen Kuss auf die Lippen. Im Schlafzimmer gab es keinen Rauchmelder. Danach hörte ich nichts mehr von ihm. Und eine Buchempfehlung bekam er auch nicht. Er hatte es vergessen, als er ging, und ich dachte auch nicht mehr daran.

Vor wenigen Tagen habe ich Erwin zufällig auf der Straße getroffen. Ich fragte ihn, ob er Zeit für einen Kaffee habe. Wir gingen in das Café um die Ecke.

»Ich habe eine Geschichte für dich«, sagte er. »Du weißt ja, dass mein Dorf an einem Hang gebaut ist. Im Tal fließt ein Bach, der manchmal über die

Ufer tritt. Nichts Gefährliches. Dorf, Landstraße und Bahnschienen wurden entsprechend hoch gebaut. Auf der Spitze des Hügels gibt es eine kleine Kapelle, die der heiligen Rita gewidmet ist. Die Dörfler verehren die heilige Rita.«

Ich wollte seinen Redeschwall nicht unterbrechen und entschied mich, die Heilige Rita später zu googeln.

»Einmal im Jahr, an ihrem Sterbetag, am 22. Mai, pilgert das ganze Dorf zur Kapelle. Dort wird dann die Messe gelesen und es werden wunderbare Kirchenlieder gesungen. Letztes Jahr, nachdem ich bei dir die Rauchmelder überprüft habe, fing es an zu regnen. Die Niederschläge nahmen kein Ende. Es regnete den ganzen Mai hindurch Und der Bach trat schon über die Ufer. Am frühen Morgen des 22. Mai bewegte sich die Prozession von der Dorfkirche zur Kapelle. Alle hatten ihre Trachten an, die Monstranz wurde von kräftigen Burschen getragen, die Blaskapelle musizierte und die Gemeinde sang. Die gesamte Dorfbevölkerung drängte sich in die Kapelle. Die Orgel begann zu spielen. Von draußen hörte man ein leises Rauschen, wie Wind in den Pappeln. Das Rauschen wurde immer stärker und die

Erde bebte leicht. Die Menschen rannten heraus und sahen, wie der Hang sich in Richtung Dorf bewegte. Der Regen verwandelte die Erde in eine Schlammlawine. Vor ihren Augen wurden ihre Häuser im zähen, klebrigen Schlamm begraben. Es dauerte nicht lange, da war bereits der Rettungshubschrauber des Roten Kreuzes angekommen. Sie suchten nach Überlebenden, prüften wo sie landen und wie sie medizinische Hilfe leisten konnten, aber das ganze Dorf war ja in der Kapelle. Die Häuser waren entsprechend menschenleer. Der Pfarrer sagte: ›Wir gehen wieder in die Kapelle hinein und beten weiter. Die Heilige Rita hat unser Leben gerettet.‹«

Ich atmete tief durch. Eine Geschichte aus dem 21. Jahrhundert, die eher ins Mittelalter passte. Erwin lächelte schon wieder und ich wollte wissen, warum.

»Du kannst dir vorstellen, dass es jetzt noch einmal zweihundert Jahre dauern wird, bis die Dörfler ihren Aberglauben ablegen werden. Aber heute, wenn man nicht mehr zu deren Weltbild passt, kann man weggehen und in der Großstadt leben, arbeiten, und lieben, wie es einem passt.«

Wem erzählte er das?

Kleine Kiesel #8

Eine israelische Kommilitonin, die vor über vierzig Jahren für einige Zeit in Deutschland lebte, entdeckte neulich Loriot auf YouTube. Sie fragte mich, ob mir dieser Humor gefalle. Ich schrieb ihr:

»Loriot ist für Deutschland das, was Kishon für Israel war.«

Sie reagierte nicht mehr. Vielleicht hat sie Kishon auch nicht verstanden?

• • •

Abends in der Buchhandlung bin ich oft allein und der Strom der Kunden ebbt langsam ab. Vor Corona ergaben sich manchmal interessante Gespräche und die Menschen waren meist redselig. Die Schutzmaske macht alles kaputt. Man versteht sich gegenseitig nicht mehr so gut und ich merke, dass die Kunden nur noch selten an einem Gespräch interessiert sind. Die Maske als Mauer. Parallel baut Polen eine Mauer an der EU-Grenze und Israel hat für eine horrende Summe eine Mauer zum Gazastreifen errichtet. Traurig.

• • •

Doris aus Erfurt schickte mir ein Foto von einem Spruch, der auf eine Mauer gesprayt wurde:

»Der krumme Baum lebt sein Leben. Der gerade Baum wird ein Brett.«

Zu meiner Freude leben wir in einer Zeit, in der viele krumme Dinge immer normaler werden. Die Herrschaft des weißen hetero Mannes gerät ins Wanken.

»Äpfel und Karotten sind manchmal krumm, aber lecker. Die Natur ist vielfältig! Mit unserer Eigenmarke Krumme Dinger geben wir leckeren, krummen Äpfeln und Karotten eine Chance«, heißt es auf der Website von ALDI.

• • •

Vor dem Schlafengehen decken wir schon den Tisch für das Frühstück. Das ist das Versprechen, dass wir am nächsten Tag wach werden und alles weiter geht. Wie sagte schon Scarlett O‘Hara: »Morgen ist ein neuer Tag.«

Corona-Tagebuch, 28.3.2020

Die Natur, die uns einerseits ein Virus beschert hat, schenkt uns andererseits schon die ganze Woche lang Sonne und klare Luft. Überall sprießen Knospen und alles blüht. Die Magnolie in der Spessartstraße ist schon fast verblüht und die Blütenblätter bedecken den Bürgersteig mit einem rosa Teppich.

Solange es keine Ausgangssperre gibt, muss ich jeden Tag aus dem Haus, mich bewegen. Etwas einkaufen. Menschen sehen, auch wenn man Abstand hält. Ich treffe Nachbarn auf der Straße, und wir versichern uns gegenseitig, dass wir noch gesund sind und keine Symptome aufweisen.

»Und wenn du etwas brauchst, sag Bescheid.«

Auch wir sagen das und verabschieden uns mit »Bleib gesund«.

»Bleib gesund« hört man überall. Ich hoffe, dass es hilft. Genauso wie das Händeklatschen auf den Balkonen um 21 Uhr. Da machen viele unserer

Nachbarn mit und nach drei Minuten rufen wir uns gegenseitig »Gute Nacht, bis Morgen« zu.

Am nächsten Morgen wieder ein Spaziergang. Vor ALDI und REWE sehe ich die Warteschlangen. Die Menschen stehen im Abstand von zwei Metern hintereinander aufgereiht und warten geduldig. Wenn ich auch mal anstehe, schaue ich immer, ob ich mit jemanden reden kann, aber die Menschen sind meist gestresst, verschlossen und manchmal sogar hysterisch. Einige schimpfen. Die Angst ist ein Fluch, die Entschleunigung ist ein Segen. Jede Krise hat ihre eigenen Begrifflichkeiten. Wann wurde vor Corona von Entschleunigung gesprochen? Nur bei esoterischen Workshops für Rentner.

Die Sonne scheint und ich stelle mich in die Warteschlange vor ALDI. Wir sind neun Personen, die darauf warten, hereingelassen zu werden. Ich muss an die neun Juden denken, die auf den Zehnten warten, damit sie endlich ein Minjan sind und beten können. Sie warten und warten, und wenn keiner erscheint, die Zeit für das Gebet aber schon überschritten ist, müssen sie nach Hause gehen und allein beten. Dabei möchte ich gar nicht beten, sondern nur eine bescheidene Packung Toilettenpapier ergattern.

Mit der Verordnung, dass nur zwei Menschen zusammen sein dürfen, haben die frommen Juden ein Problem und in Israel streiten sie sich über die Regeln des Gesundheitsministeriums. Sie machen, was sie wollen, und schicken ihre kleinen Kinder weiter zum Cheder, wo sie eng beieinandersitzen. Entsprechend ist die Ansteckungsrate bei den orthodoxen Juden viel höher. Die Oberrabbiner der Gur und Satmar Chassidim Gemeinden sind Greise, die ihren Anhängern versprochen haben, bis Pessach sei die Pest vorüber. Ich fürchte allerdings, bis Pessach wird das Coronavirus nicht besiegt sein. Die Krankenhäuser in Israel, die in normalen Zeiten schon überlastet sind, werden zusammenbrechen. Der Gesundheitsminister ist übrigens auch der Oberhirte der Gur Chassidim.

Mit diesen Gedanken gelange ich dann doch noch in die heiligen ALDI Hallen. Toilettenpapier gibt es nicht, aber schöne Weine aus dem Weinviertel und auch sonst alles. Ich kann zufrieden nach Hause gehen. My Home is my Castle. Trautes Heim, Glück allein. Und wie wir schon vor der Krise sagten: »Bei uns ist es am schönsten.«

Kleine Kiesel #9

Als ich eine Untertasse aus der Burgund-Serie von Villeroy & Boch auf der Straße fand, sagte ich zu meinem Mann Lothar: »Die kann man vielleicht bei einem Polterabend verwenden.« Lothar antwortete: »Wir gehen doch nur noch auf Beerdigungen.«

Vor wenigen Tagen war ich auf der Beerdigung von meiner Freundin Dagmar auf dem Niederurseler Friedhof. Mittlerweile kenne ich fast alle Friedhöfe in Frankfurt. Dagmar war 77 Jahre alt, nicht mehr gesund, aber der Tod kam plötzlich und unerwartet. Ihr ist ein Leidensweg erspart geblieben. Wegen Corona teilte mir ihr Mann Dieter mit, dass nur der enge Familien- und Freundeskreis an der Beerdigung teilnehmen dürfe. Dagmar erzählte mir häufig von ihren lebenden und toten Freunden, die ich alle nie persönlich kennengelernt habe. Umso erstaunter war ich, im engen Kreis auf zwei ihrer Freundinnen zu treffen, von denen sie nie etwas erzählt hatte. Sie wollte ihre Freunde nicht teilen. Den beiden Damen berichtete Dagmar aber regelmäßig von mir. Sie wussten, dass wir Weihnachten immer ein großes Essen veranstalten und Freunde dazu einladen, die ansonsten allein wären. Dagmar fragte mich vor Jahren: »Wenn Dieter tot ist, kann ich am Heiligen Abend dann auch zu euch kommen?«

• • •

01.12.2021. Das Impfzentrum an der Messe öffnet schon um sieben Uhr. Man kann ohne Voranmeldung hingehen und sich Boostern lassen. So früh morgens wird sicherlich kaum jemand da sein, dachte ich. Doch als ich dort ankam, stellte ich fest, dass Hunderte von Menschen die gleiche Idee hatten. Die Schlange reichte einmal um die Eingangshalle herum. Bei Wind und Regen beschloss ich, sofort eine Kehrtwende zu machen und auf den Impftermin bei meiner Hausärztin im Januar zu warten. Dabei kam mir ein japanischer Roman in den Sinn, an dessen Titel und Autor ich mich nicht mehr erinnere. Das liebende Paar hatte die originelle

Idee, ganz früh morgens in einen Park zu gehen, um die Kirschblüte zu bewundern. Als sie dort ankamen, trafen sie auf Hunderte von Menschen, die die gleiche Idee hatten.

• • •

Eine Verwandte in Israel richtete ein großes Fest zum 40. Geburtstag ihres Mannes aus. Ich gratulierte und wunderte mich, als sie mich eine Woche später anrief, da wir nur selten miteinander telefonierten. Sie erzählte, als alle am Tisch saßen, habe ihr Mann der Runde mitgeteilt, dass er sie verlassen werde. Sie hatte keine Ahnung, dass er sich in eine andere Frau verliebt hatte, und war der Meinung gewesen, mit ihrer Ehe sei alles gut. Sie habe angefangen zu schreien, erzählte sie, habe die Gäste weggeschickt, das Essen in die Mülltonne geworfen und das Geschirr ins Spülbecken geräumt. Dann rief sie ihre Mutter an und berichtete ihr alles.

Völlig verzweifelt erzählte sie ihrer Mutter, dass sie nicht wisse, was sie nun mit den Scherben ihres Lebens anfangen solle. Wie sollte sie je wieder Ordnung in dieses Chaos bringen? Sie weinte und ihre

Mutter entgegnete einfach nur: »Fang damit an, das Geschirr zu spülen.«

• • •

Frühstück bei einem Freund, der für gerechte Ressourcenverteilung schwärmt, also eine Art Kommunist ist. Ich bringe frische Brötchen mit. Er schneidet sich ein Sesambrötchen auf. Den oberen Teil nimmt er sich, den unteren, ohne Sesam, gibt er mir. Ich sage ihm, dass man das Brötchen auch vertikal schneiden kann, sodass jeder einen oberen und unteren Teil bekommt. Über Politik rede ich nicht. Er schneidet das nächste Brötchen auf und gibt mir wieder den unteren Teil.

Auf der anderen Seite des Zauns

Wir stecken mitten in der Corona-Pandemie und ich erinnere mich, dass ich lange nichts von Herta gehört habe. Ich wähle ihre Telefonnummer und sie antwortet sofort. Ihre Stimme ist klar und voller Energie. Kennengelernt habe ich Herta vor zehn Jahren bei einem literarischen Abend.

Der kleine Raum war bereits voll besetzt, als ich ankam, und der einzige freie Stuhl stand neben einer älteren Dame. Sie winkte mir zu und machte mich auf diesen Platz aufmerksam. Ich setzte mich neben sie. Nach der Lesung waren wir ins Gespräch gekommen und sie ließ mich nicht gehen. Wieder einmal hatte ich Erfolg bei einer alten Dame, stellte ich schmunzelnd fest.

Wir blieben in Kontakt und tauschten uns über viele Dinge aus. Herta war Schauspielerin an einem kleinen Theater und stand auch im hohen Alter noch auf der Bühne. Für jemand, der schon längst das achte Jahrzehnt erreicht hatte, strotzte sie vor großem Mut und unbändiger Lebensfreude.

Die Einschränkungen durch die Pandemie hatten das tägliche Leben sehr verändert und ich fragte sie, ob sie Hilfe brauche und wie sie ihre Tage im Lockdown verbringe. Sie erzählte, es mache für sie keinen großen Unterschied, da die meisten ihrer Freunde längst gestorben seien, sie gewohnt sei, allein zu sein. Aber sie vermisse die Begegnungen auf der Straße, in der Bibliothek, im Konzertsaal. Sie sagte mir, ich solle mir keine Sorgen um sie machen. Die Nachbarn erledigten die Einkäufe für sie und außerdem ergänzte sie: »Du musst wissen, ich esse wie ein Vogel.«

Dann hatte sie noch etwas zu erzählen:

»Wenn ich jemanden anrufen oder eine E-Mail schreiben möchte, stoße ich bei den Adressen im Computer oder im Telefonverzeichnis auf Namen von Personen, die sich bereits auf der anderen Seite des Zauns befinden.«

Ich lächelte, als sie von der »anderen Seite des Zauns« sprach. Hertha erfindet gerne neue Ausdrücke und Umschreibungen, vielleicht weil sie in ihrer

Jugend Gedichte geschrieben hat, bevor sie sich für die Schauspielerei entschied.

»Als ordentliche Deutsche denke ich immer, ich sollte die Kontakte löschen. Ordnung muss sein. Aber wenn ich auf solch einen Namen stoße, tauche ich in Erinnerungen aus der Vergangenheit ab und denke noch einmal über alles nach, was war, was hätte sein können und was nicht mehr sein wird. Es stört doch niemanden, wenn im Adressbuch noch ein paar Namen stehen, meine Putzfrau muss dort ja nicht abstauben. Ich lasse sie dort stehen. Statt auf die Friedhöfe zu pilgern, habe ich doch lieber diese elektronischen Grabsteine auf meinem Telefon und im PC.«

Kleine Kiesel #10

Im öffentlichen Bücherschrank habe ich ein Kochbuch von 1971 über Salate mit Biskin-Öl gefunden. Das Buch nahm ich nur wegen eines Rezepts für einen Guavensalat mit Mandarinen aus der Dose mit. Gibt es noch Biskin-Öl? Die Autokorrektur kennt das Wort nicht. Ich googele und stelle fest: 1958 kam das Biskin-Fett auf den Markt und scheint auch noch im Handel zu sein.

Wie exotisch war es doch vor fünfzig Jahren mit Fernsehsalat, Salat Ofarim oder Vierländer Sauerkrautsalat. Ich liebe historische Kochbücher und habe noch eine ganze Reihe mehr daheim. Zum Beispiel das Israelitische Kochbuch aus dem Jahr 1931, das meiner Tante gehörte. Als sie vor zehn Jahren in Tel Aviv starb, bekam ich das Buch von meiner Cousine, die nichts damit anfangen konnte. Inzwischen wurde dieses Buch schon in zwei verschiedenen Ausstellungen im Jüdischen Museum Frankfurt ausgestellt.

• • •

Zuhause erst ein Cappuccino auf dem Balkon, dann nehme ich ein Bücherregal in meinem Bürozimmer ins Visier. Ich trenne mich sehr ungern von Büchern, aber es muss sein. Für mich ist es wie ein kleiner Tod, dabei meint dieser Begriff im Französischen etwas ganz anderes. In beiden Fällen haben wir es aber mit Abschied und Vergänglichkeit zu tun.

Ich reduziere den Bestand an englischen Romanen. Iris Murdoch, die ich mit 19 verschlungen habe, wird verschenkt. Ich behalte die Romane von E.M. Forster. *Howards End* war das Thema meiner Abschlussarbeit an der Universität. Virginia Woolf bleibt, auch wenn ich sie vielleicht nicht mehr lesen werde. Von Patrick White habe ich viele Titel, alle noch ungelesen. Die Hoffnung, sie zu lesen, habe ich noch nicht aufgegeben. Ich rufe einige Freunde an, von denen ich weiß, dass sie sich für bestimmte Bücher interessieren. Der Rest geht zu einem befreundeten Antiquar.

Das Regal hat auch viele Non-Book-Artikel zu bieten. Vergessene Fotos, ein altes Nokia-Handy, Röntgenaufnahmen von meinem Kopf, die ich vielleicht für eine Collage verwenden werde. Damals konnte man nicht feststellen, woher die Kopfschmerzen kommen. Was mache ich mit der Packung Sandelholz-Räucherstäbchen und den edlen japanischen Essstäbchen mit aufgedrucktem Haiku?

• • •

Die große Vielfalt an Blattsalaten beflügelt meine Fantasie. Ab und zu muss es aber unbedingt der klassische Kopfsalat sein, wie es ihn früher zu Hause gab, mit Zitrone, Zucker und Sahne angemacht.

Als ich gestern die Salatblätter wusch, erinnerte ich mich an meine erste Bleibe in Deutschland vor über vierzig Jahren. Ich wohnte in Oberursel zur Untermiete in einem großen Haus mit Garten. Eine ganze Etage gehörte nur mir. Die Vermieterin, eine ältere Dame, wohnte im Erdgeschoss und hatte im Garten sehr viel Obst und Gemüse. Alles wuchs und reifte schnell, sodass sie es gar nicht alleine essen und verarbeiten konnte. Sie erzählte mir gerne von ihrer Kindheit und Jugend im Dritten Reich. Es schien, als sei sie noch immer von der Not nach dem Krieg traumatisiert. Da sie aber bei ihren Großeltern auf dem Land aufwuchs, kann es so schlimm nicht gewesen sein. Oft erinnerte sie sich an alte Bauernregeln und brachte sie mir bei. Als der Kopfsalat so schnell wuchs, schenkte sie mir ganze Salatköpfe, und sagte: »Verschenke den Salat, bevor er schießt.«

• • •

Das Aufräumen der Bücher geht peu à peu weiter. Ich stolpere über einen schmalen Band von Klaus Holz: *Die Gegenwart des Antisemitismus*, Untertitel: »Islamische, demokratische und antizionistische Judenfeindschaft«, erschienen 2005 in der Hamburger Edition. Manche Themen bleiben ewig aktuell. Leider.

Elfenbeinküste

Als Kind fuhr ich mit dem Finger über den Globus meines Bruders und staunte, dass die Meere so viel Platz einnahmen. Ich landete auf einem Land, das Elfenbeinküste hieß. Unser Strand in Tel Aviv bestand aus Sand, nicht aus Elfenbein. Ich war schon im Zoo gewesen und wusste, was Elfenbein war. Der Griff der Haarbürste, mit der meine Großmutter jeden Abend ihre Haare kämmte, war aus Elfenbein. Diese Haarbürste hatte sie aus Deutschland mitgebracht. Wo Deutschland auf dem Globus war, wusste ich auch. Für mich war es damals genau so exotisch wie die Elfenbeinküste. Ich fragte meinen Vater, warum das Land so heiße.

»Wegen des Handels mit Elfenbein«, war seine Antwort und er hielt mir einen kurzen Vortrag über die französische Kolonialvergangenheit.

Neben der Elfenbeinküste entdeckte ich Liberia. Mein Vater freute sich, dass ich Interesse zeigte, blätterte schnell im Brockhaus nach. So konnte er mir berichten, dass dort freigelassene Sklaven angesiedelt wurden. Das beflügelte meine Gedanken zu Freiheit und Rückkehr in die Heimat. Wir Juden waren doch auch nach 2000 Jahren wieder in unsere Heimat gekommen. Und wie die Liberianer hatten auch wir einen Staat gegründet.

Die Worte »Schwäbisch Hall« und »Leipzig« schwebten hingegen immer wie böse Zauberworte über meinem Kopf, denn meine Eltern dachten, ich würde nicht zuhören, wenn sie über Deutschland sprachen. Einerseits sehnten sie sich nach ihrer deutschen Heimat nach Schwäbisch Hall mit dem vielen Fachwerk, der berühmten Treppe, die als Bühne für die Freilichtspiele diente, und dem Kocher, nach Leipzig mit der Thomaskirche und den Motetten von Bach. Andererseits, doch das blieb unausgesprochen, war Deutschland ein Ort des Bösen. Ich ruhte mit dem Finger lieber auf der Elfenbeinküste und stellte mir den Regenwald vor.

Kleine Kiesel #11

Ich lese gerade, dass Helen Mirren die Rolle von Golda Meir in einem neuen Film spielt. Kritik kommt von Maureen Lipman, einer in England bekannten, jüdischen Schauspielerin. Lipman bemängelt die Tatsache, dass Mirren keine Jüdin ist. Wahrscheinlich ärgert sie sich, dass sie die Rolle nicht bekommen hat. Die Diskussionen, wer welche Rollen spielen oder welche Texte übersetzen darf, sind nicht nur dumm, sie sind gefährlich. Wie sieht man aus, wenn man jüdisch ist? Krause, schwarze Haare und eine lange Nase? Das hatten wir schon. Eine gute weiße Übersetzerin kann Lyrik von Schwarzen übersetzen, auch wenn sie nie einen Schwarzen gesehen hat. Ein guter Schauspieler kann einen Juden spielen, auch wenn er ein Goi ist. Die Liste derer, die nicht mehr alle Tassen im Schrank haben, wird immer länger.

• • •

Aus der Erinnerungskiste: Vor Jahren nannte mich ein Kollege »Erdmännchen«. Als ich fragte, wieso, antwortete er: »Klein und neugierig.«

• • •

Wir essen Nachtisch. Im Radio gibt es das Klarinettenquintett op. 115 von Brahms. Brahms schrieb das Quintett fünf Jahre vor seinem Tod, als er sein Werk schon für abgeschlossen hielt. Die Bekanntschaft mit dem Klarinettisten Richard Mühlfeld war der Anlass, ein Trio und ein Quintett für dieses Instrument zu schreiben. Diese melancholische Musik hörte ich oft, als ich 18 Jahre alt war und mit meiner Homosexualität haderte.

Ich war der einsamste Mensch der Welt und hatte Suizidgedanken. Nach dem Coming-out fast zehn Jahre später, sagte mir mein Vater, dass er immer Angst um mich hatte, wenn ich das Klarinettenquintett hörte, das von Kritikern die »dunkle Perle« genannt wurde. Er ahnte alles und wusste doch nicht, wie er mich ansprechen sollte. Das nehme ich ihm nicht übel.

• • •

Dilemma beim Einschlafen: Mir kommt ein Gedanke. Wenn ich jetzt nicht aufstehe und eine Notiz mache, ist er morgen weg. Liegenbleiben? Aufstehen? Aufstehen!

Kartoffeln

Die Corona-Krise scheint ihren Höhepunkt hinter sich zu haben. Wir trauen uns, Gäste einzuladen. Immerhin ist die Spargelsaison voll im Gange, morgen ist Christi Himmelfahrt, man kann ausschlafen und heute schon am frühen Abend mit einem Aperitif beginnen. Ich plane, alles auf dem Markt zu besorgen. Auch neue Kartoffeln. Die Kartoffeln vom letzten Jahr schmecken nicht mehr und die neuen sind frisch und knackig.

Mein Handy klingelt. Lisa, eine Freundin aus Israel, erkundigt sich, wie wir mit dem Social Distancing zurechtkommen. Sie lebt allein und die Ausgangssperre in Israel macht ihr zu schaffen. Aber auch dort darf man jetzt wieder Menschen treffen. Lisa ist in meinem Alter, ihre Familie stammt aus Köln. Zuletzt sahen wir uns vor einem Jahr, als in Bad Homburg ein Stolperstein für ihre Großtante verlegt wurde. Einen Tag später wurde in Frankfurt auch ein Stolperstein für eine Verwandte von mir verlegt, die 1941 in Minsk von den Nazis ermordet wurde. Ich erzähle ihr, dass wir Gäste bekommen und was wir kochen werden.

Lisa stöhnt und sagt: »Ihr habt so gute Kartoffeln. Wir haben nur zwei Sorten und die schmecken nicht. Ich beneide euch für die vielen Sorten und um die Wertschätzung, die ihr der Kartoffel in Deutschland schenkt.«

Wir reden noch kurz über die neue, korrupte Regierung in Israel. Lisa ist verzweifelt. Sie könnte auch in Deutschland leben, aber sie mag Wärme und hier ist es für sie einfach zu kalt. Jetzt muss sie zu einem Vortrag am Goethe-Institut in Tel Aviv und ich zum Markt. Wir legen auf.

Am Nachmittag wasche ich die Kartoffeln. Die rotbraune Erde erinnert mich an die israelische Chamra, die auch diese Farbe hat und sich für den Anbau von Gemüse hervorragend eignet. Und ich muss an eine TV-Sendung denken, in der eine Pegida-Demo begleitet wurde. Ein junger Mann in Schwarz erklärte dem Reporter:

»Die Flüchtlinge müssen raus. Sie bedrohen unsere Frauen und Schwestern. Keiner von ihnen ist auch nur einen Krümel unserer heiligen Erde wert.«

Seitdem erinnere ich mich jedes Mal an diesen Satz, wenn ich die Erde von den Kartoffeln wasche und sehe, wie die braune Brühe im Abfluss des Spülbeckens verschwindet.

Kleine Kiesel #12

Wir haben einige Kochbücher aussortiert, darunter ein Kochbuch von Sophia Loren in italienischer Sprache. Ich fragte unsere italienische Putzfrau, ob sie es haben wolle. Sie sagte sofort Ja und erzählte mir strahlend, dass sie als Kind erlebt hatte, wie in ihrem Dorf Cerreto Sannita in der Campania ein Film mit Sophia Loren gedreht wurde.

Sie wuchs bei ihren Großeltern auf. Als Sophia Loren das kleine Kind sah, wollte sie es sofort adoptieren. Die Großeltern waren aber nicht bereit, sie wegzugeben. Tatsächlich wurde dort 1955 *Die schöne Müllerin* gedreht. Ich frage mich, wie ihr Leben als Adoptivtochter von Sophia Loren verlaufen wäre. Sicherlich hätte sie nicht jahrzehntelang in deutschen Haushalten putzen müssen.

• • •

Im März stellte der Koch und Food-Historiker Luca Cesari sein Buch *Die Geschichte der Pasta in zehn Gerichten* in der Buchhandlung Weltenleser vor. Ich mag die italienische Küche, aber das Bohei um Pasta will nicht in meinen Kopf hinein. Wenn meine Großmutter einen komplizierten Sachverhalt verstand, sagte sie auf Jiddisch: »Asoi kocht man die Lokschen.« (So kocht man die Nudeln).

Vielleicht ist Pasta doch eine große Kunst.

• • •

Wir feiern den Geburtstag eines Freundes. Einer seiner Gäste erzählt mir, dass er letztes Jahr zum ersten Mal in Israel und begeistert von der energetischen Atmosphäre war. Als er erwähnt, dass er dort die Nähe Gottes spürte, hatte er Tränen in den Augen.

»In Israel gibt es die schönsten Männer«, fügte er noch hinzu. »Als Deutscher hatte ich aber ein schlechtes Gewissen.«

Das habe ich schon hundert Mal gehört und beruhigte ihn: »Du bist an nichts schuld, das war nur dein Großvater.«

Alle Gäste, die am Tisch saßen, lachten.

• • •

In der U-Bahn höre ich, wie eine Mutter ihren etwa sechs Jahre alten Sohn fragt: »Was würdest du machen, wenn du eine Million Euro gewinnst?«

Der Junge zögert nicht lange: »Ich würde jeden Morgen früher aufstehen und uns allen frische Brötchen holen.«

Lesensversicherung

Gestern traf ich auf der Straße eine Freundin, die, um ihre Rente aufzubessern und ihre Kenntnisse als Sozialarbeiterin nicht einrosten zu lassen, alte und einsame Menschen besucht. Die Freundin ist Single und kann sich die Zeit gut einteilen. Sie erzählte mir eine Geschichte.

Sie besuchte einen alten Mann, der schon länger Witwer ist. Der Mann, erzählte die Freundin, sei nicht mehr so gut zu Fuß. Er brauche ab und zu Gesellschaft, damit er seinen Tee nicht allein trinken müsse. Meine Freundin stellte fest, dass die beliebteste Besuchszeit die Kaffeezeit am Nachmittag war. Den einsamen Menschen fehlt schlichtweg jemand, mit dem sie reden und ein Stück Torte essen können. Sie kommt nie mit leeren Händen, kauft süße Teilchen, bringt Blumen oder selbstgemachte Marmelade mit.

Die Freundin wusste, dass der alte Mann früher bei einem kleinen, aber renommierten Verlag als Lektor gearbeitet hatte. Die Wohnung war mit Büchern vollgestopft. An den Wänden hingen einige Schwarzweißfotos von den Autoren, deren Bücher er lektoriert hatte. Als sie ihn fragte, ob er alle Bücher in seinen Regalen auch gelesen habe, lächelte er nur und antwortete: »Nein, ich habe sie nicht alle gelesen. Die gelesenen Bücher habe ich schon einem befreundeten Antiquar geschenkt. Die Bücher, die Sie hier sehen, sind meine Lebensversicherung.«

Sie sagte: »Aber Sie wissen doch, dass man heute für Bücher nichts mehr bekommt. Für mich sind es nur Staubfänger.«

Er lächelte wieder und erklärte: »Wissen Sie, nachdem meine Frau starb und ich als Lektor nicht mehr gefragt war, fragte ich mich, ob nicht die Zeit gekommen wäre, zu gehen. Dieser Gedanke beschäftigt mich immer wieder, aber es gibt noch so viele Bücher, die ich lesen möchte, und es werden immer mehr. Ich denke, Sie verstehen jetzt, was ich mit ›Lebensversicherung‹ meine.«

Kleine Kiesel #13

Im Jahr 1791 ist Mozart gestorben. Das Requiem ist das letzte Werk im Köchelverzeichnis, das 626 Werke enthält. Ludwig von Köchel starb 1877. 1890 hat der Salzburger Konditormeister Paul Fürst die ersten Mozartkugeln auf den Markt gebracht. Ich schlage vor, dass die Mozartkugel die Nummer 627 im Verzeichnis bekommt. Mittlerweile gibt es auch Sissi Kugeln und eine Wiener Kongresstorte. Die Österreicher verstehen es, ihre Geschichte mit Zucker, Nüssen und Alpensahne als hohe Backkunst zu präsentieren, hübsch zu verpacken und in alle Welt zu schicken. Vielleicht googeln dann die Kunden in Japan den Wiener Kongress. Sie können auch Romy Schneider auf Netflix anschauen oder Alfred Brendel hören, wie er die Klaviersonaten von Mozart spielt. So wird Geschichte verdaulich gemacht. Hat jemand eine Idee, wie man Mahler und Bruckner in leckere Teigwaren verwandeln kann?

• • •

In einer Anthologie, die das Jüdischsein in Deutschland thematisiert, wird die Suche nach Verwandten beschrieben, die in der Shoah ermordet wurden. Als »Leerstellen der eigenen Familienbiografie« definiert die Autorin die verschwundenen Menschen, die früher mal Mitglieder ihrer Familie waren.

Ich denke auch immer wieder an meine Leerstellen. Ich weiß sehr wenig über diese Menschen. Mütterlicherseits sind mindestens siebzig Verwandte in Polen ermordet worden. Wenn es den Holocaust nicht gegeben hätte, hätte ich sie dann alle gekannt? Mit ihnen Kontakt gehalten? Es leben väterlicherseits noch mindestens genauso viele Verwandte in den USA, zu denen ich keinen Kontakt habe.

• • •

Freunde, die das Felix-Nussbaum-Museum in Osnabrück besucht haben, brachten uns eine Packung Osnabrücker Friedensschinken mit. Ich fand es skurril, einen Schinken nach dem Westfälischen Frieden zu benennen, der 1648 in Münster und Osnabrück geschlossen wurde, und den Dreißigjährigen Krieg beendete. Aber vielleicht konnte man sich erst dann wieder an den Tisch setzen und in Ruhe den am Knochen gereiften, geräucherten Schinken genießen. Nach dem Schlachtfeld kommt das geschlachtete Schwein. Was wird man am Ende des Israel-Palästina-Konfliktes servieren? Eine halal-koschere Jerusalemer Taube, gegart in Dattelsirup und Oliven?

• • •

Vor dem Schlafengehen entsorge ich noch welke Blumen, die den Herbst eingeleitet haben. Es war ein großer Strauß Tagetes vom Balkon, der seit zwei Wochen die Diele mit vielen Blüten schmückte. Während sie nach und nach welkten, hatten sie sich in Samenkapseln verwandelt. Als ich die Zweige aus der Vase hole, sehe ich, dass sie gewurzelt haben. Die weißen, langen Wurzeln erinnern mich an Rabbinerbärte. Die Lebenskraft dieser Blume ist unerschütterlich. Nächstes Jahr wird sie wieder auf dem Balkon sprießen. Ich gehe schlafen mit dem Gefühl, dass das Leben immer siegt.

Wandkalender

»Erzähl mir, welche Wandkalender du hast und wo sie hängen, und ich sage dir, wer du bist.«

Das verkündete ein Bekannter, Psychologe von Beruf, nachdem er beim Pinkeln in der Toilette von Freunden den *Literatur Kalender* vom Aufbau Verlag studierte, selbstverständlich stehend, und dabei nützliche Themen für seine Arbeit entdeckte. Als er die letzten Tropfen abschüttelte, wusste er alles über den Wunsch des Gastgebers, ein bekannter Schriftsteller zu werden, hatte seinen Frust, seine Enttäuschungen, seine vergeblichen Mühen erkannt. Ob dieser Erkenntnis kam er wie verwandelt zurück zum Esstisch und stellte seinem schreibenden Freund kluge Fragen. Danach begann er, seine Klienten über ihre Kalender zu befragen. Sie erzählten ihm bereitwillig Dinge, die sie sonst vielleicht geheim gehalten hätten.

Etwas später bot dieser Psychologe Kalender-Workshops an. Die Teilnehmer bekamen leere Kalender, die sie nach Lust und Laune mit Fotos bekleben, beschriften und bemalen konnten. Danach wurden die Kalender ausgebreitet und in der Gruppe besprochen. Erstaunliche Erkenntnisse waren das Ergebnis. Die besten Geschichten wurden aufgeschrieben und in einem kleinen Buch veröffentlicht.

So fing auch ich an, nach Wandkalendern Ausschau zu halten und mir meine Gedanken zu machen, wenn ich irgendwo eingeladen war. Sie hängen meist in der Toilette, manchmal auch in der Küche. Es waren sehr große und sehr kleine Kalender darunter. Kunstkalender und Kirchenkalender. Manchmal waren es selbstgebastelte Kalender, die man von Freunden bekommt, die gerne fotografieren. In ihnen spiegelten sich die Sehnsucht nach der Ferne, nach der Natur, nach Schönheit, Liebe, Macht und Sex wider.

Als ich gestern in unserer Toilette den *Aufbau Literatur Kalender* anschaute, sah ich, dass das Blatt der 42. Kalenderwoche Timothy Leary vorstellt. Er hat aber erst nächste Woche Geburtstag. Das hätte der

Verlag besser machen können. Ich wusste nicht, dass Leary geschrieben hat. Für mich war er immer nur der LSD-Guru. In den 1960er Jahren war Israel noch sehr prüde. Drogen waren tabuisiert. Keine von Learys Schriften erschien auf Hebräisch. Am 22. Oktober 2020 wäre er 100 Jahre alt geworden. Ich erfuhr, dass sieben Gramm seiner Asche zusammen mit der von vierundzwanzig anderen ins All geschossen wurde. Sehr poetisch, aber auch sehr durchgeschossen, wie er eben war und wie mir die amerikanische Gesellschaft auch jetzt vorkommt.

Kleine Kiesel #14

Bei Mario kaufe ich selbstgemachte Brotaufstriche und trinke dann einen Espresso. Mario lebt schon lange in Frankfurt. Wie ich, hatte er die Liebe bei einem deutschen Mann gefunden. Geboren ist er in Rom. Sein Vater war Bäcker und seine Mutter führte das Restaurant der Familie. Mario ist in der Backstube und in der Küche groß geworden. Als er nach Frankfurt kam, war ihm klar, dass er in der Gastronomie tätig sein wollte. Wegen seiner Mehlallergie darf er jedoch den Beruf des Bäckers nicht ausüben, also hat er ein kleines Bistro in Bornheim eröffnet. Früher war in diesem Ladenlokal eine Bäckerei. Mario hat renoviert und das Lokal »San Lorenzo« genannt.

Ich wollte wissen, wer dieser Heilige war und was es mit ihm auf sich hat. Mario erzählte dann, dass der Heilige Laurentius im 3. Jahrhundert in Rom lebte. Weil er das Vermögen seiner Kirche an die Armen verteilte, wurde er auf einem glühenden

Eisenrost hingerichtet. Deshalb ist er der Schutzpatron der Arbeiter, die mit offenem Feuer zu tun haben, wie Bäcker, Köche und Bierbrauer. Wegen seiner Tätigkeit als Verwalter gilt er auch als Schutzpatron der Archivare und Bibliothekare. Er wird auch bei Hexenschuss, Ischias und Hautleiden angerufen.

»Das passt doch genau zu mir«, sagte Mario. »Ich lese gerne, suche alte Bücher im Antiquariat, ich bin ein Koch, ich habe eine Mehlallergie und komme aus Rom.«

»Das stimmt«, sagte ich. »Einen besseren Schutzpatron kann es für dich nicht geben.«

Wir lachen, ich packe die Becher mit den köstlichen frischen Brotaufstrichen ein und wünsche ihm einen schönen Abend.

• • •

Wann immer es um eine berühmte Persönlichkeit geht, kommen mir immer die Fragen »Ist er Jude? Ist er schwul?« in den Sinn.

Im *Literatur Kalender* vom Aufbau Verlag werden jede Woche Geburts- und Todestage berühmter Literaturschaffender aufgeführt. Am 15. Januar

2022 hatte Molière seinen 400. Geburtstag. Als ich Lothar davon erzählte, bekam ich zu hören: »Er war schwul.«

Ja, war er. Nach zwei Ehen verliebte er sich als Endvierziger in einen 15-jährigen Knaben, mit dem er bis zu seinem Tod zusammenlebte.

• • •

Als wir vor Jahren im Frühjahr in München waren, entdeckten wir auf dem Viktualienmarkt ein Gemüse, das eher wie Gras aussah. Die Gemüsehändlerin klärte uns auf. Es heiße Mönchsbart, Barba di frate, und komme aus Italien. Es gibt dieses Kraut nur für eine sehr kurze Zeit im Frühjahr. Zurück in Frankfurt ging ich in die Kleinmarkthalle und fand die grünen Fäden am italienischen Gemüsestand. Kurz mit kleingehackten Sardellen und einem Schuss Zitronensaft in Olivenöl und Knoblauch geschwenkt und mit Spaghetti serviert, kann man sich damit getrost vom Winter verabschieden.

Letzten Sonntag gingen wir an der Restaurantzeile an der Alten Oper vorbei. Ein italienisches Lokal hatte geöffnet und bot Pinsa in verschiedenen

Variationen an. Der Unterschied zur Pizza besteht in den Zutaten und der Herstellung. Der Kellner stand vor dem Laden und versuchte uns zu einer Pinsa zu überreden. Ich schmunzelte, weil ich an Urlaub im Süden denken musste und an die Schlepper vor den Lokalen. Ich sagte ihm, wir hätten heute schon etwas vor. Wir würden Barba di frate mit Pasta essen. Er kannte es nicht. Ich zeigte ihm ein Foto auf meinem Handy. Nein, habe er noch nie gesehen. Er ging mit meinem Handy in das Lokal und zeigte es seinem Chef, der mittlerweile auch an uns Interesse zeigte. Dann sagte er wissend: »Ach ja, Wildkräutersalat.«

• • •

24. Januar 2022: In der letzten Ausgabe des *Spiegel* wird vom Outing von 125 Kirchenmitarbeitern berichtet. Ich hörte davon im Radio und heute hat mir ein Freund einen Link zum Artikel gemailt. Dieser Freund ist schwul und besitzt einen Reitstall im Vogelsberg. Ich schrieb ihm, dass es traurig sei, dass sowas heute noch ein Thema ist.

Er antwortete: »Da würde nur eine ordentliche Stallreinigung helfen.«

Später meldete sich eine Freundin, Zahnärztin, die die Kirche mit Argwohn beobachtet und sagte: »Da ist eine gründliche Wurzelbehandlung nötig.«

Dann haben wir am Abend die Doku *Wie Gott uns schuf* in der ARD gesehen und waren erschüttert. Für seinen Mut gehört dem Mitinitiator und Aachener Bischof Dr. Helmut Dieser ein Extralob. Als ich mit Lothar 1992 in New York war, gingen wir in die Gay Synagogue Beit Simchat Torah. Wir fühlten uns dort zuhause. Alle gehörten der LGBTQ-Gemeinde an und alle waren Juden.

Fusel und Anrichten

Mit meiner Freundin Dagmar war ich gestern in der Stadt unterwegs. Dagmar liebt kleine Deko-Tiere, die sie in Geschenkeläden findet. Tiere aus Metall, Keramik oder Glas. Sie stellt sie auf die Fensterbank. Auch gestern fand sie Tiere, die in Indien aus Getränkedosen hergestellt werden. Sie wollte auch mir etwas Handgefertigtes kaufen, doch ich habe dankend abgelehnt, denn in meinem Haus gibt es schon genug Kunst und Nippes. In einem Laden am Paulsplatz fand sie später auch eine buntbemalte Fusselbürste. Auch diese lehnte ich ab.

Ich spreche das Wort Fussel aber wie Fusel aus und sofort kam von ihr eine spitzfindige Bemerkung, dass Fusel ein schlechter Branntwein sei und dass ich bei schwierigen Wörtern Fehler mache. Ich war so überrascht, dass ich nur noch sagen konnte, dass mir der Unterschied bekannt sei. Ich bin aber nicht wirklich beleidigt. Wer abseits der Heimat lebt, kennt diese Situationen, in denen er zu spüren bekommt, dass er nicht ganz dazu gehört. Aber ich hatte schon lange keine Erfahrung dieser Art mehr gemacht. Wir gingen dann noch ins Westend, wo ich den Stadtführer spielte. Dazu tauge ich dann doch. Ich fragte sie, ob sie schon den neuen Roman von Ulla Hahn, den ich ihr geliehen hatte, gelesen habe.

»Nein, liegt noch am Bett«, erklärte sie.

Dann erzählte mir Dagmar eine Geschichte von einer Freundin, die sie mir schon einmal erzählt hat. Ich tat so, als hörte ich diese Geschichte zum ersten Mal. Es ging darin um eine Anrichte. Dagmar fragte mich, ob ich wisse, was eine Anrichte sei. Sie meint es gut, sagte ich mir leise.

Dann erzählte sie von einem Geschäft für Damenoberbekleidung im Grüneburgweg. Die Besitzer seien Juden. Wir gingen gerade dort vorbei und ich schaute hinein. Es war nur eine Verkäuferin hinter der Theke, vermutlich die Besitzerin. Sie könnte Jüdin gewesen sein, oder aus dem Schwarzwald oder Armenien stammen. Blond war sie nicht. Gegenüber war der Fitnessclub, in dem Dagmar trainiert. Eine Frau, mit der sie trainiert, erzählte ihr, dass die Juden schon wieder einen Laden aufgemacht hätten.

Dagmar antwortete der Frau, dass sie so etwas nie wieder hören wolle. Einer ihrer besten Freunde sei immerhin Jude. Hier endet die Geschichte. Dagmar meint es nur gut. Und das meine ich auch.

Kleine Kiesel #15

Gestern, am 24. Februar, wurde morgens in den Nachrichten von der russischen Invasion der Ukraine berichtet. Ich konnte an diesem Tag nichts Konstruktives mehr leisten. Ich ging raus, besorgte einige Lebensmittel und hörte fast ununterbrochen Radio. Der Krieg deckt bei mir verschüttete und verdrängte Angstschichten auf, deren Vehemenz ich nicht ahnte. Vertreibung, Flucht, Not, das ist alles in die Familien-DNA eingraviert. Meine Großeltern flüchteten vor Pogromen in Polen. Sie glaubten, in Deutschland heimisch werden zu können. Das wurden sie, aber nur kurz. 1933 stand die nächste Flucht auf dem Programm. Mit ihren Kindern kamen sie in Tel Aviv an. In Israel gab es nie Frieden und es wird wahrscheinlich nie welchen geben.

• • •

Ein Freund von mir, mit dem ich auf dem Gymnasium war, postete bei Facebook, dass er stolz sei, dass seine zwei Enkelsöhne jetzt Soldaten seien. Dieser Freund ist Verleger erlesener Bücher und mit Sicherheit kein Befürworter der Besetzung der Westbank. Sein undurchdachter Stolz hat mich enttäuscht. Der Mensch wird immer von Macht angezogen. Was die Ukrainer jetzt mitmachen müssen, ist für die Palästinenser in der Westbank längst Alltag.

• • •

Ein kurzer Mittagsschlaf. Ich wache auf und hatte einen verstörenden Traum. Meine Tante Jean Suhl, 1916 in Leipzig geboren und 2003 in New York gestorben, konnte 1938 Deutschland verlassen und mit ihrem einjährigen Sohn zu ihrer Mutter und ihrer Schwester, meiner Mutter, nach Palästina fliehen. Ein Jahr später konnte sie mit ihrem Sohn Michael nach New York reisen, wo ihr Mann Sidney bereits auf sie wartete.

Im Traum weinte sie bitterlich, denn sie musste sich entscheiden, ob sie bei ihrer Mutter in Palästina bleibt, oder zu ihrem Mann nach New York fährt. In Wirklichkeit bin ich mir sicher, dass sie sich diese Frage nie gestellt hat. Habe ich da von mir selbst geträumt? Die Entscheidung zwischen Israel und Deutschland war für mich nicht leicht. Aber es gab keine Zweifel, dass es mir in Deutschland, dem Sehnsuchtsland der alten Jeckes, besser gehen würde. Ich finde, für das Wort Heimat müsste es auch auf Deutsch einen Plural geben. Es gibt hier viele Menschen, die zwei Mal Heimat haben.

• • •

Ich komme mir vor, als säße ich im Zirkus. Ich weiß, dass die Frau nicht wirklich in zwei Stücke gesägt wird, aber ich weiß nicht, was in der Box passiert, in der sie steckt. So ist es auch mit dem Krieg. Ich schaue auf die Bilder im Fernsehen und frage mich, wer wen zerstückelt und was wirklich hinter dem Vorhang passiert?

Frau Kaasmann

Ich greife bei ALDI zu einem Stück Parmesan aus dem Kühlregal, da spricht mich eine ältere Dame an und fragt, ob ich wisse, wo der Parmesan sei. Ich antworte:

»Gleich hier ist der Parmesan.«

Sofort will sie wissen, woher mein Akzent komme.

»Ich komme aus Israel, mein Name ist Eldad Stobezki.«

»Ach, Sie sind aus Israel, da wollte ich schon immer mal hin. Aber Sie haben einen polnischen Namen, nicht wahr?«

»Ja, meine Großeltern flüchteten vor den Pogromen in Polen nach Deutschland. Das war ungefähr um 1900.«

»Und dann?«

»Dann sind sie gleich 1933 mit ihren Kindern nach Palästina geflohen.«

Jetzt frage ich sie nach ihrem Namen.

»Ich heiße Kaasmann.«

Den Vornamen verrät sie mir nicht. Sie weiß nicht, dass ich weiß, wo sie wohnt, nämlich ein paar Häuser weiter von mir, und dass mir bekannt ist, dass sie das große Haus mit den vielen Mietwohnungen besitzt. Ein Freund von mir wohnte als junger Mann einige Monate in einer Einzimmerwohnung in diesem Haus. Sie erklärte ihm damals, dass Damenbesuch verboten sei. Der Freund ist schwul. Und schon in den Achtzigern war es im Grunde lächerlich, so etwas zu verbieten. Ich sehe Frau Kaasmann fast jeden Tag auf der Straße, sie hat mich aber noch nie wahrgenommen. Frau Kaasmann ist groß, immer geschmackvoll gekleidet und passt nicht wirklich zu diesem etwas schäbigen, mittlerweile gentrifizierten Viertel. Jetzt redet sie ohne Ende. Gut, dass ich Zeit habe. Nur vor dem Kühlregal wird es langsam etwas ungemütlich. Ich lade sie daher in ein Café ein, von denen es auf unserer Straße nur so wimmelt.

»Wissen Sie«, sagt sie, »Ich bin als letztes Kind meiner Eltern 1943 in Münster, Westfalen, geboren worden. Ich hatte vier Brüder. Zwei wurden noch kurz vorm Kriegsende eingezogen und fielen an der

Ostfront. Meine Eltern waren gläubige Katholiken und nahmen es als Gottesstrafe an. Die zwei anderen Brüder waren Gott sei Dank noch zu jung, um eingezogen zu werden. Sie leben aber nicht mehr. Ich bin die Letzte.«

Ich frage sie, was sie mit dem Parmesan vorhabe.

»Mein Sohn kommt mich besuchen. Er wohnt in Berlin. Für ihn möchte ich ein Risotto kochen.«

»Also haben Sie doch noch Familie«, antworte ich. »Sicherlich haben Sie auch Enkelkinder.«

»Leider nein, mein Sohn steht auf Männer. Er denkt, dass ich das nicht weiß, aber eine Mutter weiß sowas. Ich würde ihm so gerne sagen, dass alles gut ist, wie es ist. Aber ich kann das nicht. Und er kann das auch nicht.«

Ich habe mit so viel Offenheit nicht gerechnet und weiß nicht, was ich sagen soll. Aus Verlegenheit frage ich Frau Kaasmann, warum sie mit einer Krücke geht. Sie sei gefallen und habe sich das Bein gebrochen, erklärt sie. Eine ganze Zeit lang sei sie mit zwei Krücken gelaufen, jetzt stütze sie sich noch nur mit einer ab. Sie überlegte nun, in ein Seniorenstift im Taunus zu ziehen.

Ich erzähle ihr, in welchem Haus ich wohne und sie sagt:

»Wir sehen uns bald auf der Straße wieder.«

Seitdem sind einige Wochen vergangen. Ich habe sie noch nicht gesehen. Vielleicht ist sie schon im Seniorenstift.

Kleine Kiesel #16

Die erschütternden Bilder des Krieges in Israel, der am 7. Oktober 2023 begann, kann ich nur als Hölle, als Shoah, bezeichnen. Auf Hebräisch hat das Massaker den Namen »Tofet« bekommen. Tofet war der Platz bei Jerusalem, auf dem im Altertum heidnische Kinderopfer dargebracht wurden.

• • •

Einige Tage nach dem Massaker im Kibbuz Nir Oz kamen freiwillige Helfer, um den Kuhstall wieder aufzubauen. In einem Video sieht man, wie sie in der Nacht nach den Kühen Ausschau halten. Eine Kuh hatte gekalbt und das Kalb sieht gesund und wohlauf aus. Das Leben wird weitergehen. Auch nach der Shoah ging das Leben weiter.

• • •

Eine Freundin erzählte mir, dass sie im Netz nachlesen wollte, wie gefährlich Granatsplitter sind. Sie fand nur Rezepte für eine Süßigkeit, die man dank Loriot auch als Kosakenzipfel kennt. Die Kölner nennen sie Domspitzen.

• • •

Beim Militär lernte ich als Funker ein bisschen Arabisch und war verblüfft, wie ähnlich diese Sprache dem Hebräischen ist. Seitdem sind diese Sprachen wie zwei Schwestern für mich. Eine Schande ist es, dass Arabisch an israelischen Schulen nicht als Fremdsprache unterrichtet wird.

Neulich hörte ich in der U-Bahn zwei Männer Arabisch sprechen und schnappte das Wort »Miftahun« auf. Auf Hebräisch heißt es »Mafteach« – Schlüssel. Wann wird wohl der Schlüssel gefunden werden, mit dem wir das Tor zum Frieden und zur Verständigung öffnen können?

Schleudersteine

Ich sitze in der Straßenbahn und lese in *Haaretz*, einer israelischen Tageszeitung, über einen Fund der israelischen Altertumsbehörde. Entdeckt wurden 424 so genannte Schleudersteine, die auf die Existenz einer Waffenindustrie vor 7200 Jahren hinweisen. Der Fundort befand sich im südlichen Galiläa.

Die Steine waren Geschosse, die sich in einer, mittels zwei Seilen an einer Schleuder, befestigten Ledertasche befanden, und über den Kopf hinweggeschleudert wurden. Im richtigen Moment losgelassen, waren sie eine wirksame und tödliche Waffe gegen einen mehrere Dutzend Meter entfernten Feind. Die Verwendung solcher Schleudern hat in Israel seit Tausenden von Jahren Bestand und wird auch in der Geschichte von David und Goliath geschildert.

Die gefundenen Schleudersteine sind sich in ihrer Struktur und Größe sehr ähnlich.

Ihre durchschnittliche Länge beträgt 52 mm, ihre Breite etwa 31 mm, ihr Gewicht 60 Gramm und sie laufen auf beiden Seiten in einen spitzen Doppelkegel aus. Die meisten Steine bestehen aus Kalkstein, einige sind aus Basalt. Die Serienproduktion der Steine hatte einen großen Vorteil.

»Durch die Standardisierung kann man effektiv trainieren, und die aerodynamische Form erhöht die Reichweite, die Schlagfähigkeit und die Genauigkeit. Eine Salve von geschleuderten Steinen kann die Kampfstruktur des Feindes durchbrechen«, erklärte Dr. Haklai, der Archäologe, der die Ausgrabung durchführte.

Der Vergleich der verschiedenen Steine zeigte den Forschern, dass es zu jener Zeit organisierte Konflikte in der Gegend gab und, dass die Bewohner gemeinschaftliche Anstrengungen bei der Produktion von Munition und Waffen unternahmen. Ähnliche Steine wurden zuvor bereits an anderen Orten in Israel gefunden, hauptsächlich im Hula Tal, in Galiläa und im nördlichen Sharon, aber dies war das erste Mal, dass sie in einer solch großen Menge gefunden wurden.

Es hat sich nichts geändert, dachte ich. Die Schleudersteine von damals sind die Raketen von heute. In der Straßenbahn setzte sich mir ein junger Mann gegenüber. Sein Handy klingelte und er antwortete auf Arabisch. Danach holte er eine Packung Waffeln aus seinem Rucksack und begann zu essen. Ich wünschte ihm guten Appetit und er bot mir sofort eine Waffel an.

Kleine Kiesel #17

Bei ALDI legte eine betagte Dame mit Rollator ihre Waren auf das Kassenband. Ich stand direkt hinter ihr und sie bemerkte, dass ich sie beobachtete. Als sie ein Bund Radieschen auf das Kassenband legte, drehte sie sich halb zu mir um und sagte: »Mir macht es noch sehr viel Spaß, die Radieschen von oben zu sehen.«

Ich nickte ihr zu und wir lachten beide.

• • •

In einem Gedicht auf Hebräisch kommen »Staubflocken« vor. Definitiv erotischer als »Staubmäuse.«

• • •

Die israelische Lyrikerin Lea Goldberg kannte den Schmerz der Heimatlosen.

Sie schrieb: »Nur Zugvögel kennen, wenn sie zwischen Erde und Himmel hängen, den Schmerz der doppelten Heimat.«

Auf Hebräisch lässt sich das Wort »Heimat« auch in der Mehrzahl sagen. Wie das mit dem Schicksal der Juden zusammenhängt, überlasse ich den Lesern.

• • •

Im Discounter. Eine Frau reibt sich gründlich die Hände mit dem Desinfektionsmittel ein. Das sieht wie ein Ritual aus. Sie reibt und reibt und ich denke, sie wäscht sich die Hände in Unschuld. Warum nur fühlt sie sich schuldig?

Pokój

Ich liege unter der warmen Decke und lasse den Tag Revue passieren. Was habe ich heute erledigt, was nicht? Mit wem habe ich gesprochen, an wen habe ich gedacht, woran habe ich mich erinnert? Wie viele Seiten habe ich gelesen, was habe ich gegessen, wie viele Schritte habe ich heute gemacht? Schien die Sonne oder war es grau? Bin ich mit dem Tag und mit mir selbst zufrieden? Wenigstens einigermaßen?

Noch bin ich ganz wach und lasse mir mein Mantra durch den Kopf gehen, dass ich manchmal abwandle und nach schönen Wörtern suche. Zu Om fällt mir Schalom ein, das reimt sich sogar und frisst sich nicht. Da ich außer Hebräisch, meiner Muttersprache, auch noch andere Sprachen spreche, versuche ich mich zu erinnern, wie man Schalom in anderen Sprachen sagt. Frieden, salama, peace, pace, paix, paz. Dann muss ich an die Messe denken, Dona nobis pacem. Bitte, gib uns Frieden.

Bevor ich in den Schlaf sinke, denke ich noch an meine Großmutter, die mit uns gelebt hat, sehr alt wurde und aus Polen kam. Ich muss doch wissen, wie man auf Polnisch Frieden sagt. Morgen sehe ich im Wörterbuch nach. Ich sammle Wörterbücher, auch in Sprachen, die ich nicht beherrsche. Neulich fand ich im Bücherschrank am Merianplatz ein Deutsch-Russisches Wörterbuch in einem hervorragenden Zustand. Ein Deutsch-Dänisches Wörterbuch musste ich einmal wegen einer Übersetzung kaufen. Zu meiner Sammlung gehören auch sehr alte hebräische Wörterbücher, die Wörter beinhalten, die in modernen Wörterbüchern nicht mehr vorkommen.

Am nächsten Morgen, noch vor dem Zähneputzen, lese ich, dass Frieden auf Polnisch »pokój« heißt. Am Abend versuche ich, mit diesem Wort einzuschlafen. Es klingt für mich aber einfach fremd. Mit dieser Vokabel kann ich nichts anfangen. Meinen alten Wunsch Polnisch zu sprechen, werde ich mir in diesem Leben nicht mehr erfüllen können. Zum Beispiel Wisława Szymborska im Original zu lesen. Oder zu fluchen. Meine Großmutter sprach mit ihren Kindern nur Deutsch. Polnisch verschwand aus dem Sprachrepertoire der Familie, und damit auch die Erinnerung an dieses Land. Polen war und bleibt für mich ein schwarzer Fleck.

Ich bemerke nicht, wie ich einschlafe, spüre aber, dass meine Gedanken schon in Träume übergehen. Das ist wie eine Narkose. Die Gedanken reihen sich ordentlich im Depot ein, wie die Straßenbahnen zum Dienstende.

Die Ruhe in einem Depot kenne ich sehr gut. Mein Vater war Busfahrer. Die Stille auf dem großen Parkplatz, als alle Lichter ausgegangen und die Türen geschlossen waren, ist wie ein großes Loch, das man lieber gleich verlässt.

Wenn ich morgens aufwache, kann ich mich oft nur an die Albträume erinnern. Da bin ich ständig unterwegs, finde das Gleis nicht, von dem der Zug abfahren soll. Wo wollte ich eigentlich hin? Mit wem und warum? Manchmal sind es Wasserstraßen. Ich bin auf der Flucht, dann bin ich an einem Strand. Es sind noch andere Badende da. Ich suche eine Toilette. Meistens sind die Toiletten in meinen Träumen besetzt. Dann stehe ich auf und gehe pinkeln und schlafe anschließend gleich wieder ein. Die Träume einer Nacht würden genug Material für einige Drehbücher bieten.

Bestimmt werde ich noch andere Wörter für Frieden finden. Die Menschen sprechen so viele Sprachen und alle wollen das Gleiche.

Kleine Kiesel #18

In Israel wurde die Produktion der *Gelben Seiten* eingestellt. Heute findet man alles im Netz. In Israel hießen sie »Goldene Blätter«. Die Farbe Gelb wird dort mit dem Judenstern assoziiert. Eingeführt wurden die *Gelben Seiten* 1883 in den USA. Der Legende nach ging dem Erfinder Reuben H. Donnelley das weiße Papier aus und er wollte nicht auf eine neue Papierlieferung warten.

• • •

Corona hin, Corona her, aber der Urlaub muss geplant werden. Normandie. Am Ende der Reise möchten wir eine Nacht in Rouen verbringen und die Kathedrale aufsuchen, in der das Herz von Richard Löwenherz begraben ist. Ich lese ein bisschen über ihn und stelle fest, dass er eine sehr schlechte CO2-Bilanz hatte.

• • •

Ich schaue einen kitschigen, amerikanischen Film, der in der Toskana spielt. Als die Freundin der Protagonistin ein Kind zur Welt bringt, hörte ich den Ausdruck »dare alle luce«, auf Deutsch etwa: »An das Licht geben«. Das Licht der Welt erblicken, würde man hier wohl sagen. Meine italienische Putzfrau klärt mich auf, dass die Entbindung dort in der Regel mit dem prosaischen Verb »partorire« beschrieben wird. Immer noch besser als das kalte deutsche Wort »entbinden«.

• • •

Möge mir die Neugierde auf Menschen nie vergehen. Leider fällt mir der Name des amerikanischen Autors nicht mehr ein, der ein Buch über den Schlüssel zum Glück schrieb und herausfand, dass es die Gespräche mit Fremden sind, die uns glücklich machen. In der Tat, über diese flüchtigen Begegnungen könnte ich ein Buch schreiben.

Nachwort von Maria Gazzetti

1.

Koschere Mangos habe ich noch nie gegessen, aber rutschfeste Badematten kenne ich gut. Eine rutschfeste Badematte ist für mich typisch für Deutschland, genauso wie ein Eierpiekser, über den manche Gäste bei mir in Rom staunen oder wie das alte Emailleschild, das ich neulich auf dem Wochenmarkt in Hamburg wieder sah, mit der Aufschrift »Draußen nur Kännchen«, eine Regel, die ich stark mit Deutschland verbinde. Es ist müßig, darüber zu reden, was typisch für eine Nation ist, aber *Rutschfeste Badematten und koschere Mangos* ist einfach ein schöner Titel für das schöne Buch von Eldad Stobezki, dessen gesammelte Gedankensplitter, Notizen und Tagebuchaufzeichnungen sich vorwiegend zwischen den zwei Ländern Deutschland und Israel bewegen.

In einem der Gedankensplitter erzählt der Autor, dass ein Freund, ein guter Tenor aus Österreich, ihn auf die Arie von J.S. Bach »Bleibt, ihr Engel, bleibt bei mir!« (Kantate BWV 19) aufmerksam macht, in der es heißt: »Führet mich auf beiden Seiten, dass mein Fuß nicht möge gleiten!«. Nachdem er eines Tages in der Badewanne fast ausgerutscht wäre, erinnert sich der Autor an die Arie – und kauft sich sogleich zum ersten Mal eine rutschfeste Badematte. Diese amüsante Anekdote macht am besten deutlich, wie diese Textsammlung funktioniert. Von Bach zur Badewanne, vom Heiligen zum Profanen, von ALDI zu Kavafis, von einer Radiosendung zu einem Wort, das in der U-Bahn aufgeschnappt wird, plötzlich stolpert der Autor über etwas, oder ein Telefonat evoziert in ihm Vergessenes, er schreibt alles auf, sinniert über dies und das, und einiges entspinnt sich im Kopf und auf dem Papier.

Zu lesen sind tagebuchartige kurze Texte, liebevoll geschriebene Miniaturen über Disparates aus dem Alltag und aus Lektüren, über Radiosendungen, Musik und Opernbesuche, über Politik und das aktuelle katastrophale Weltgeschehen. Der Autor stellt darin überraschende Bezüge her, ungewöhnliche Verbindungslinien und Assoziationen, deckt verborgene Logiken und Vorurteile auf, spielt mit den Zufällen des Alltags. Der Zufall, eine große Neugier, die Aufmerksamkeit für die kleinen Dinge und die vielen Gespräche mit Menschen, die man oft mehrmals am Tag trifft, von denen man aber in der Regel nichts weiß, machen, wie der Autor selbst schreibt, die Welt bunter. Sie sind der Antrieb für diese zwischen Gedankensplittern, Weltansichten, Tagebuchnotizen, Tagesskizzen und Kulturkritik verlaufende Erzählung, die in einem leichten, leisen, verführenden Ton geschrieben ist.

2.

Die »aufflackernden Gedankensplitter und Notizen«, von denen nun eine Auswahl hier in Buchform erscheint, hat der Autor Eldad Stobezki lange Zeit regelmäßig auf seinem Facebook-Account gepostet. Auszüge sind dann in *Faust-Kultur* und in der italienisch-deutschen Onlinezeitschrift *Ytali* erschienen.

Die Textsplitter, wie kleine Medaillons, erschienen die letzten Monate regelmäßig auf dem Display meines Handys und jedes Mal blieb ich länger an seinen Posts hängen. Die kurzen Texte, die persönlichen Geschichten, die Berichte aus dem Alltag, die komischen, berührenden Begegnungen und Alltagsbegebenheiten, und im Besten Falle die Epiphanien der Gedanken meines Facebook-Freundes Eldad las ich mit zunehmendem Interesse. Oft waren es übliche Redewendungen, einzelne Wörter in der Muttersprache oder nicht, die bei Eldad ganze Gedanken und Geschichten auslösten, wenn er ihnen auf den Grund gehen wollte. Ich wurde neugierig, ihm auf diesem Weg zu folgen. Oft konnte ich gar nicht aufhören zu lesen, so hineingezogen wurde ich in den Gedankenfluss, und das Schöne dabei war die Leichtigkeit des Lesens.

Lesend erkannte man Satz für Satz, Tag für Tag, dass sich hier allmählich eine Art Autobiographie vor einem ausbreitete. Und dabei bildeten sich, je mehr ich las, oder darauf wartete, dass er eine neue Tagebuchnotiz veröffentlichte, Sandbänke aus Sätzen vor mir, auf denen die Augen gerne ruhten. Oder die kurzen Satzperioden waren wie Text-Steine, in die ich hineinstolperte. Ich wurde bei schrägen Fragen wissensdurstig, war über seine ironischen Bemerkungen amüsiert, von seinen Kindheitserinnerungen berührt und von den Geschichten überrascht, die aus den zufälligen Gesprächen mit unbekannten Menschen nur so hervorsprudelten. Man muss nur nachfragen. Und am meisten zog ich Lesefreude und Erkenntnisgewinn aus Eldads spezifischer Verschiebung von Sichtweisen, aus seinen Fragen an die Sprache des Alltags.

Ich erkannte in ihm einen Geistesbruder, den Wanderer zwischen Welten, der immer etwas hinterfragt und zu überraschenden Schlussfolgerungen kommt. Und da ist er, derjenige, der sich unentwegt fragt, was ein Wort wirklich meint, woher es kommt, wohin es will, wohin es kann, und dabei leuchtete dann vieles neu auf: Herrlich, diese Herrlichkeiten der Sprachreisen!

Die tägliche Flaschenpost wurde zu einer festen Verabredung: Tea Time mit Eldad Texten.

Aber ich war nicht allein beim Lesen. Eine ganze Lesegemeinde las mit, hatte dieselben Leseerlebnisse wie ich, wollte nicht aufhören zu lesen, und unzählig waren die Rufe, wann all diese Berichte aus seinem Leben endlich publiziert werden würden.

Und hier ist es nun, das Buch, das per vocem populi ins Leben gerufen wurde.

Wie eine Biene, schreibt Eldad einmal hier in einer seiner Notizen, notiert er sich auf Zetteln die Wörter aus dem Radio, aus den Zeitungen, aus den Büchern, in der Metro, im Supermarkt... Wörter, die er dann in diese Miniaturen einbaut, die wir heute Post nennen. In diesem obsessiven Aufschreiben von Wörtern geht es nicht um den Akt der Benennung, sondern eher um die Frage, was die Logik und die Geschichte dieses Wortes ist?

Es ist auch eine Form von Heimatlosigkeit, die sich in diesem fast strukturell gewordenen Nachfragen ausdrückt, und oft ist das Ergebnis dieses Hinterfragens, dass es Absurditäten noch deutlicher vor die Augen führt, in denen man sich schließlich nur desorientierter bewegt.

3.

Eldad ist ein Israeli in Frankfurt. Seine Eltern sind als Jugendliche 1933 gleich nach Hitlers Machtergreifung rechtzeitig aus Deutschland geflohen. Die Großeltern gingen vor dem Ersten Weltkrieg von Polen nach Deutschland, 1933 flüchteten sie nach Palästina. Die meisten Verwandten, die geblieben waren, wurden im Nazi-Deutschland ermordet.

Eldad ist in Tel Aviv aufgewachsen, kam mit 27 Jahren nach Deutschland. In Frankfurt am Main, wo er seitdem mit seinem deutschen Mann lebt, begann er bald im Literatursektor zu arbeiten. Er hat eine Agentur für israelische Literatur gegründet, übersetzt aus dem Hebräischen, und regelmäßig stellt er in einer Art Jour fixe dem Publikum Neuerscheinungen der israelischen Literatur vor – als feinsinniger Leser und fachkundiger Vermittler.

Näher kennengelernt habe ich ihn im Literaturhaus Frankfurt am Main, das ich von Mitte der 90er Jahre bis 2010 leitete, bevor ich nach München zum Lyrik Kabinett und dann zum Museum Casa di Goethe überwechselte, das mich nach Rom, das ich mit 21 Jahren verlassen hatte, um in Hamburg zu studieren, zurückbrachte. Im Literaturhaus hatte ich eine internationale Tagung zur Vermittlung deutscher Literatur im Ausland ins Leben gerufen. Die DekaBank als Sponsor hatte zu dem Anlass einen mit 25 000 Euro dotierten Preis für Vermittlung deutscher Literatur ausgeschrieben. Während der Organisation dieses zweijährigen Symposiums und der begleitenden Events, die Literaturvermittler aus Amerika, Europa, Korea und Russland nach Frankfurt lockten, wurde Eldad Stobezki ein für dieses Projekt wichtiger und enger Mitarbeiter. Der Austausch über belletristische Neuerscheinungen war immer besonders fruchtbar, und auch damals konnten wir vom Gespräch über die Stoffqualität von Männerhemden schnell zu der Frage übergehen, wenn die jüdische Religion tatsächlich an die Auferstehung des Menschen, der gerechten Menschen glaubt, wird dann, wenn der Moment kommen sollte, genug Platz auf der Erde sein?

Gemeinsam haben wir die Erfahrung eines Lebens zwischen zwei Ländern und zwei Sprachen. Wir wissen, wie es ist, wenn man sich in die Zweitsprache selbst hineingebärt und man weiß aus schmerzlicher Erfahrung, dass zu der gewählten oder schicksalhaft hineingeratenen Sprache immer ein Stück Distanz bleiben wird, gepaart mit der Unsicherheit, doch irgendwann grammatikalisch oder idiomatisch Fehler zu machen. Aber umso mehr wächst dann die Behutsamkeit und Genauigkeit im Umgang mit ihr. Darüber haben wir uns oft unterhalten. Es ist eine ernste, existenzielle Bindung, die man zur deutschen Sprache hat, denn man hat sie adoptiert und sie spielt gern mit einem Versteck.

Dieses Buch kann auch als Portrait von Eldads Leben in Deutschland gelesen werden, aber auch als eines von seinem Nicht-Leben in Israel. Schon immer hat er vom schmerzlichen Alltag der Palästinenser in der Westbank gesprochen und sich entschieden gegen den religiösen Fanatismus in seinem Land gestellt. Aus einer Familie von Geflüchteten stammend, die von Pogromen aus Polen und dann vom Holocaust aus Deutschland flüchteten, um schließlich in einem Israel zu leben, in dem es, wie er fürchtet, nie Frieden geben wird, steht er nun vor den erschütternden Bildern des Massakers des 7. Oktober 2023 in Israel. Vor dem Einschlafen denkt er darüber nach, wie das Wort Frieden auf Polnisch oder Russisch klingt, auf Arabisch weiß er das. Es ist wieder das Sinnieren über Wörter und Sprachen, das sich festhalten an dem Geschichtenbuch, das die Welt schreibt, das ihn vom Untertauchen fernhält.

Man ruft zurzeit auf, den Ankauf von Avocados und Produkten aus Israel zu boykottieren. Manche Themen bleiben ewig aktuell, aber »rutschfeste Badematten werden mit der Zeit unansehnlich«, steht in einem Gedankensplitter. Man kauft sich also dann eine neue Matte und wünscht sich und allen nicht auszurutschen, auf dieser Welt voller bunter Geschichten.

Rom, Mai 2024

Inhalt

© Robin Schmerer

Eldad Stobezki, 1951 in Tel Aviv geboren, lebt seit 1979 in Frankfurt am Main. Er arbeitet als Lektor, Moderator, Gutachter und Übersetzer sowie als Kulturvermittler. Der studierte Literaturwissenschaftler ist ein ausgewiesener Kenner der israelischen Literatur.